看**TED-Ed** 學好英文 聽說讀寫

輕鬆自學**擁有英檢中高級程度**的**八堂課**

王云彤
王心怡 著

適當的學習策略，
成就以人為本的終身學習者

國立臺灣師範大學特殊教育研究所教授

郭靜姿

　　英語能力優秀是與世界溝通的第一把金鑰。為了與世界接軌，臺灣從國小就如火如荼地推行雙語教學，坊間教授英文的各種補習班數量遠超過其他學科，從幼兒園階段到研究所都有。然而為什麼長時間的學習，有自信說自己英文棒的人不多？

　　學習英文有很多策略，對每個人來說能夠幫助自己學好英文就是好方法。Fiona 是我的學生王心怡女士的千金，在這本書中，她極樂於與大家分享運用心智圖法克服英文學習困難的心得。經由心智圖學習，她才得以順利適應在加拿大全英文的學習環境。

　　在因緣際會下，Fiona 跟著媽媽到加拿大學習，除了覺得興奮、幸運之外，其實心中相當焦慮，因為在英文聽說讀寫都沒有特別接受過訓練的情況下，她幾乎是要重新開始另一種語言的學習。在沒有可能逃避這份挑戰下，她只能勇敢跨出國門、面對新環境。還好她在媽媽教導下習得心智圖法，成為她面對陌生語言時最佳的學習策略。在媽媽的陪伴下，她們一起克服了在加拿大學習的困難。

　　心怡女士是國立臺灣師範大學特教系資優組博士候選人，她認為有效的學習方法才能夠確實幫助 Fiona。有效是有實證理論依據的方法，心

智圖法擷取了多個學習相關理論、實證研究及 SQ3R 閱讀策略，並運用國外中學生常用的 TED-Ed 為教材來學習。用好的方法來讀對的東西，難怪 Fiona 可以在短短時間就克服英文學習困難，通過溫哥華教育局 ELL 測驗，承認 Fiona 已跟當地以英文為母語的中學生一般，具備相同的英文聽說讀寫能力。

本人十分高興見到 Fiona 成功的學習表現，經由選擇適當的學習策略，結合生活與學習，透過系統思考面對挑戰，適應英文學習的經歷，Fiona 體現了 108 課綱的核心素養：以人為本的終身學習者的願景。核心素養是指一個人為了適應現在生活及面對未來挑戰，所應具備的知識、能力與態度。我相信 Fiona 不僅僅是提升了英文能力，更是培養了她在面對不同挑戰時，能運用適當的學習方法，幫助自己融入群體與環境，成為真正具有社會適應力與應變力的終身學習者。

謹此，本人十分樂意推薦本書，以協助更多學子學好英文、學到能適應新環境的秘笈。

提升國際競爭力的心智圖英語學習法

臺灣師範大學社會教育研究所博士、
英國博贊心智圖法全球第一位認證華人講師

孫易新

前教育部政務次長、南華大學校長林聰明博士指出，英語力一直都是國際化的重要關鍵，然而美國教育測驗服務社（Educational Testing Service, ETS）的報告卻透露出臺灣學生英語的聽力與閱讀力，已經逐漸落後周邊國家的殘酷事實。

心智圖法（Mind Mapping）是將我們複雜、抽象的思維，透過關鍵詞、色彩、線條、與圖像等元素，繪製成視覺化的心智圖；它是將與主題相關的概念，以分類層級、因果關係或概念描述等形式，以具有結構性的圖解方式呈現出來。諸多學術性論文的研究結果均指出，心智圖法對讀書學習時的閱讀理解與知識記憶有相當大的幫助。

本書第一作者王云彤同學自幼學習心智圖法，這項技能已經內化成為她的自然思維與學習方式，在學校課業拿到好成績自不在話下，重要的是，她可以運用心智圖法學習她想要學習的知識，並解決生活中真實面對的問題，這不就是 108 課綱所強調的素養能力嗎！

本書第二作者王心怡老師本身除了具備諮商輔導與資優教育的專業之外，更鑽研各種有效的學習方法，心智圖法是她長期落實在家庭教育的方法之一。2016 年王老師將自己以心智圖法輔導女兒從 2 歲到 12 歲

十年間的成長經驗，以深入淺出的理論搭配實務案例出版了《用心智圖法開發孩子的左右腦》一書，深受讀者好評。

　　面對全球的競爭與快速變遷的社會，提升英語力，尤其是聽力，是學生亟需提升的關鍵能力之一，本書作者能將自己運用心智圖法，透過觀看 TED-Ed 的影片，成功地學習英語的經驗出版成書，嘉惠正為「聽不懂英語，也開不了口」所苦惱的學生。為此，我非常樂意撰文推薦之！

擴散思考與聚斂思考的相互激盪
——達成素養提升的關鍵學習

臺北市教育局課程督學、臺北市立大學教育學系兼任助理教授／

王昭傑

　　學習有各種不同流派，但如何穩固學習往往是教、學兩方的核心。猶記當時推動雙語實驗課程時，便是使用心智圖的概念引導教師團隊進行雙語模式的聚斂，以此思考模式構築教學內容，並深化學生的學習歷程。

我很認同 Bloom 所提出的「認知領域目標分類系統」（Taxonomy of Educational objective），他將學習的認知階段區分為六個階段，而這也恰恰和本書的歷程不謀而合。我就閱讀後的反思，做以下詮釋。

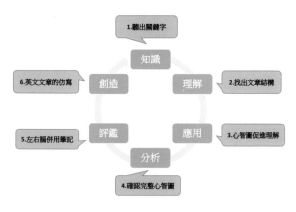

➡ 「知識」的初步汲取——從聽出關鍵字開始

　　因為要加深記憶刻痕，所以要聽三次！從書中分享的三次循序漸進地聆聽，我看到了初始基模的喚醒以及對知識的再認與比對，其實在第三次聆聽時，已漸漸落入理解層次的深入學習。

➡ 「理解」的次級深化——找出文章結構

　　從擴散出來的單字進行聚斂思考，由自己的經驗建構理解整篇文章，這是讓讀者本身和文章取得連結的具體方式，學習在試著將知識初級分類的同時，其實也逐步在進行自我的知識構築。

➡ 「應用」的認知再認——運用心智圖促進閱讀理解 ··

藉由關鍵字的擺放進行閱讀理解，運用後設認知的方式讓閱讀者思考概念間的相互關係。運用心智圖的系統連結方式進行知識的分類，試圖讓每一個字詞賦予脈絡的意義，強化孩子對知識的理解。

➡ 「分析」的邏輯比對——確認完整的心智圖 ··

這部分除確認心智圖的邏輯外，更進一步分析單字的結構，由字根、字首及字尾的分析比對，擴充孩子對字詞用法與詞性的深度確認。

➡ 「評鑑」的反思對話——左右腦並用筆記 ··

一圖表千文，如何將一段文字或一個概念用圖畫的方式呈現，考驗著對文字的敏感度與深層解讀。在此階段的左右腦並用筆記，或許更著眼在孩子對整個生活經驗的體現認知，將龐雜的概念聚斂成圖畫的思考，並賦予圖畫生命。

➡ 「創造」的鷹架植基——英文文章的仿寫 ··

創造往往始於模仿。尤其是學習階段，提供一個好的鷹架更是讓創造品質穩定且穩固學習的方式。在書中，藉由一連串的聆聽、理解、擴散思考與聚斂，到最後的穩固鷹架使用，進而進行文章的仿寫。

這是一段外在強結構化的學習，內在卻賦予弱結構化的彈性思維，能在品質結構及動機上取得平衡。強結構的學習有效，但或許因為強系統性的思考扼殺孩子的想像與興趣。弱結構的學習有趣，但過度天馬行空的想像卻會落入脫韁野馬似的思緒亂流。

此書運用心智圖法與 SQ3R 的閱讀理解概念，並揉合知識學習理論的做法，在強結構的系統下確保認知穩固的鷹架提供，並在弱結構的彈性層面建議讀者保持擴散思考的發想、聚斂思考的精煉以及後設認知的再認，用淺白的方式降低閱讀的難度，卻不難看出每個層次背後的學理立基。這是一本擴散思考與聚斂思考的相互激盪，進而達成素養提升的心智圖英語學習指南書，學習若皆能如此，知識則充滿活潑與動機的氛圍，豈不樂哉？

目錄

【第一部】 八堂課學好英文聽說讀寫

lesson 1　巧克力的歷史 ⋯⋯⋯⋯⋯⋯⋯⋯⋯⋯⋯ 22

The history of chocolate by Deanna Pucciarelli

lesson 2　為什麼有人是左撇子？ ⋯⋯⋯⋯⋯⋯ 46

Why are some people left-handed by Daniel M. Abrams

〈目錄〉

善用學習策略，提升聽說讀寫能力

　　學習英文對大部分人來說是一個辛苦的過程，聽、說、讀、寫對於不在英語系國家成長，還要能夠精熟使用確實不容易。在學習英文最初階的，也是大家最痛苦的應該就是記英文單字了吧？單字記得越多，那麼英文能力的提升就越快，但是要怎麼樣才能夠記住單字呢？有人說我們要一邊聽、一邊念，還要產生聯想才能夠記住單字，我想這樣的方式大家應該都已經耳熟能詳了吧？可是等實際運用上了，卻還是看不到效果，到底是為什麼呢？也有一些人單字記得了，卻不會念，或是發音不正確，以至於就算聽到了，也無法聽出到底是哪一個字，於是造成了有些所謂英文程度好的人，卻無法跟外國人有效溝通。又或者在讀單字的時候，如果沒有一開始就學到正確的發音，後面要再矯正確實不容易，然後你還會發現一個單字的念法跟在一句話裡面的發音方式，其實有的時候不完全一樣，所以可能會出現明明知道這個單字，但是在考聽力測驗或是跟人家對話的時候，卻聽不出這個單字。再說到記憶單字必須要能夠對這個單字產生聯想，聽起來好像也很簡單，但事實上，憑空來產生聯想其實不容易，而且常常是片斷式的，日後其實也不容易回想甚至使用出來。

➥ 以 TED-Ed 和 TEDICT 幫助學習

　　學習需要有能夠引起學習者學習興趣的動機，除了因為學習可以獲得一些外在獎勵之外，像是師長的稱讚、成績的

TED-Ed

提升、同儕的認可等，能夠讓學習者持續學習下去則必定要能夠有內在動機的產生，好奇心與有趣的材料就能夠引起學習者的興趣與熱忱，而因為學習有成效獲得的成就感則更是能夠提供源源不絕的動力。

那麼到底什麼樣的學習方式可以幫助我們，聽說讀寫一起搞定，獲得戰勝英文的成就感呢？想要提升英文能力，而不單單只是考出好看的分數，確實要靠平時日積月累才能夠看得到成果，而為了要讓平時的積累能夠在考試的時候出現效果，我們就要找到適合的學習材料，TED-Ed就是一個不錯的學習材料 https://ed.ted.com 或是用手機或平板在 App Store下載 TEDICT 這個 App 來使用。

在 TEDICT 這個 App 中，New Dictation 的功能可以讓你把這支影片下載在自己的手機或平板中，每次要再學習時，可以直接點進去使用，而且可以離線使用；Play Online 就必須要有網路才能使用，學習時可以先使用這個功能，覺得影片主題合適後，再下載，以避免佔用過多的硬碟空間；Script 就是整個影片的文字腳本，在進行整篇文章的閱讀心智圖時，最好能夠進到這裡做精準的確認，以避免字彙錯誤，但要記得，不要一開始就看腳本，因為這樣會影響聽力練習的效果；Repeat Player 可以拿來一句一句的學習英文發音，利用手機或平板錄音後播放出來，可以直接瞭解自己的發音是否正確；Words 就是先幫忙我們查找出不熟悉的單字，不過同樣的，我會建議不要一開始就進來看，嘗試先練習聽力和對於文章的思考。

TED-Ed 是一個專為初高中生學生所設計的在 3 到 5 分鐘長的科普動畫課程，在每一部 TED-Ed 的影片裡都會有「觀賞」（Watch）、「想一想」（Think）、「進一步學習」（Dig Deeper），以及「討論」（Discuss）四個單元；「觀賞」（Watch）就是主要的學習內容，而「想一想」（Think）裡有選擇題與問答題，讀者可以從練習回答這些問題來評估自己對文章的理解程度；如果對於這段影片主題有興趣，那麼再「進一步學習」（Dig Deeper）可以找到更多相關的內容閱讀；最後的「討論」（Discuss）則是

大家在看完這支影片之後的一些討論。

　　TED-Ed 中有各種不同類別的主題，像是文學、哲學、數學、心理學、科技、健康、科學、社會學、經濟學等，藉由這個網站上的每一支影片，可以滿足初高中學生學到聽、說的需求，甚至還有很多的科普知識，如此五花八門的主題，可以維持學生學習英文的興趣，持續產生對不同知識的好奇心，如果能夠長期持續從這些學習材料中學習，就會有很不錯的效果。而在面對托福或是雅思考試的時候，若事先能夠有這些背景知識，將可以幫助學生在聽力測驗或閱讀測驗的時候，更容易抓到重點與理解，那麼就更容易拿到高分。

➡ 學習不能只靠聽課

　　可是並非僅僅只是一直聽，就能夠有效地提升我們的英文能力。臺灣大學師資培育中心的符碧真教授指出，依照學習金字塔從上而下來看，光聽老師講課，下課後學生只會記得 5% 的內容；如果跟著老師閱讀，那麼可以記得 10%；如果老師用投影片、光碟等多媒體教材教學，學生會記得 20%；如果老師上課示範實驗，可以記得 30%；如果參與討論，會記得 50%；如果親身實驗，會記得 75%；如果將所學用自己的語言再教給他人，則可以記得 90%。

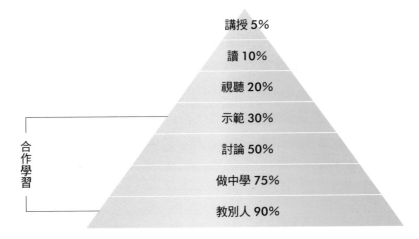

合作學習

講授 5%

讀 10%

視聽 20%

示範 30%

討論 50%

做中學 75%

教別人 90%

所以從上面這個圖來看，如果我們只是重複一直聽影片，那麼最多就只能記得 20%，這還不包括學生可能會閃神不夠專注。雖然記憶多寡不能夠完全代表學習效果，但記憶位在美國教育心理學家布魯姆（Benjamin Bloom）認知領域：知識、理解、應用、分析、綜合、評價等六個層次中的最基本層次，如果在閱讀中都無法有效回憶文章重要概念的話，接下來如何進入有意義學習？遑論培養成為帶得走的能力了。

　　由於英文並不是我們的慣用語言，通常如果沒有其他輔助方法或是極有目的性，聽不到一分鐘，就很可能神遊太虛，沒有辦法抓住影片的意思了。但如果是盯著螢幕看著動畫，重複多次以後，又不是那麼有趣，究竟該如何進行有效學習呢？這時候使用有效學習策略就非常重要了。

➤ 以心智圖作為筆記策略 ⋯⋯⋯⋯⋯⋯⋯⋯⋯⋯⋯⋯⋯⋯⋯⋯⋯

　　許多研究發現，運用完整而系統化的學習策略雖然剛開始可能因為不熟悉學習策略而使速度變慢，但是多練習之後，就能夠發現採用學習策略學習，不僅更能夠瞭解文章內容，記憶也明顯提升。而專家和生手在閱讀上的差別在於，專家在閱讀時，會運用筆記技巧將所閱讀的內容做一些結構化處理，像是會將相似的重點以一個概念加以涵括、刪掉與閱讀目的較不相關的段落或是在不同段落中重複出現的概念、會主動對內容做一些有意義的分段。

　　心智圖法筆記就是一個功能超強的主動式學習神功，運用心智圖法重要的幾個原則：關鍵字、分類階層化、顏色、圖像，還有水平式思考和垂直式思考方式二種重要思考方式，可以有效地幫我們精簡文章內容，掌握住文章的重點，並且深度理解，然後結合自己的過去經驗，發揮想像力，並藉由圖像化來加深印象、加強記憶，最後內化這篇文章的結構，成為自己寫作的能力。

要如何運用這些重要心智圖法技巧以提升閱讀能力，接下來在第二部的 TED-Ed 文章裡，我會再做詳細的心智圖法筆記策略說明。

➡ SQ3R 學習策略要點

除了運用心智圖法作為筆記策略之外，我們還要瞭解有效地閱讀策略 SQ3R，以 SQ3R 作為閱讀的進行步驟。

SQ3R 主要是強調先瀏覽全文，之後再理解文章細部，在整個過程中，學習者主動思考內容，而非只是單純接受。這是一個有效幫助學習者理解全文及增加記憶的閱讀策略，使用起來相當容易，並且可以應用在不同科目，同時還能夠依據自己的特質做調整，是一個主動式的學習策略。以下簡單說明什麼是 SQ3R。

所謂 SQ3R 就是：瀏覽（Survey）、提問（Question）、閱讀（Read）、複誦（Recite）、複習（Review）。

Survey 是先閱讀文章的主題，理解文章結構的安排與邏輯，建立初步的瞭解，不要被不瞭解的細節阻礙。雖然在這個步驟所讀的大部分內容都不會有太大印象，但沒有關係，因為這一個步驟只是要讓大腦對該篇文章有一些一般性概念。這會與學習者的先備能力產生連結，如果過去有相關學習經驗，那麼對於所學習的內容就更容易掌握。

Question 是將標題改寫成問句，猜想這些段落要討論哪些問題，藉由這些問題的形成，可以幫助學習者有效辨識文章中的重點，並且能夠整合文章內容；透過自問自答，可以使學習者與閱讀內容產生互動，讓學習者具有後設認知的閱讀能力。

Read 指的是先將全文詳細閱讀一次，並且在閱讀時能夠去思考每個重點在文章中所代表的意思，並與自己的先備經驗做邏輯觀念的比對驗證，接著再看內容是否解答了先前提出的問題。

Recite 並不是一字不漏地背誦全文，而是用自己的話重新整理寫下重

點，有助於長期記憶，還記得前面的學習金字塔嗎？這時候已可以達近九成的記憶了。

Review 讀完之後，不要看書本，蓋住內容，自問自答，用口語回答或寫下自己覺得重要問題的答案，這時候整個大腦就在進行新舊知識的整合，進而將新知識納入成為新能力。

➥ 閱讀首重識字能力

不管是外文還是中文，都可以使用 SQ3R 的閱讀策略來提升學習效果。不過上述進行方式，主要是對已經熟悉文章中使用文字的人，才能有明顯的能力提升閱讀本是一個包括了識字和內容理解兩個主要部分的複雜歷程，識字能力的優劣對於閱讀理解會有很大的影響。因此，如果在學習者對文章本身文字並不熟悉的情況下，像是閱讀英文文章時，就得先克服英文單字不夠熟悉的困難。

大部分學生在讀英文文章時，第一個碰到的難題就是遇到不會的字就容易卡住。通常一碰到生字，就會想要查字典，不然無法繼續讀下去。這樣的讀書方式，常會出現下面的問題：

①一邊閱讀，一邊查生字，文章變成一個個片斷的字詞，會中斷思緒，難以整合全文的意思，不知所云，而且閱讀速度會因此變慢，容易失去繼續閱讀下去的動機。

②一直注意到有很多生字，會產生強烈的挫折感，壓力太大，降低閱讀興趣不想繼續閱讀。

③一個單字可能有好幾個意思，如果無法有脈絡地理解前後文，會不確定要選哪一個意思，選錯了，前後文又無法連貫，看不懂全文。

④在多次中斷對文章脈絡的連結後，即使看完全文，也不知道整篇文章架構，抓不到重點，最後就像是沒有閱讀過的感覺。

因此在本書中雖仍使用 SQ3R 來做為學習策略，但會因為要使用非

母語的英文來學習英文的目的，而稍作調整。

在有效閱讀的第一個步驟中所謂的瀏覽（Survey），如果閱讀的是以熟悉的文字來呈現，那麼當然就是快速的瀏覽過一次，就可以對全文有初步瞭解。可是現在我們使用英文內容，目的是學習英文，所以可能會出現不少生字，因此要一次快速瀏覽，就能瞭解其中的意思，並不是那麼容易，但是遇到不會的單字又很容易卡住。所以我們在這個步驟先不直接看文字，而是以練習聽力的方式，將影片從頭到尾，在不看字幕的情況之下，先聽過一遍。這樣除了可以練習聽力之外，也強迫自己不要一直查字典，先讓自己對全文有一些感覺（其實這時候加上影片的動畫也能對理解有所幫助）。當然，一開始一定要清楚影片的標題意思，對標題有一些想法之後，接下來在聽的時候，才能夠特別聽到與題目相關的字。

➡ 抓取文章關鍵字的方法

聽第一遍時，很容易就會聽到自己平常認識的一些單字，這時候要趕緊將所聽到的單字筆記下來，因為只是聽到所產生的記憶痕跡並不明顯，寫出來以後，注意力就會明顯提升。加上之前先對於這支影片的標題與問題有概念之後，連結所聽到的單字，就會開始對這篇文章內容意義產生第一次的連結，開始在腦海中描繪出文章的架構。

我會建議大約重複聽三遍左右，為什麼呢？因為我們現在其實是在學習並不是那麼熟悉的語言，所以利用聽力的方式增加對文中關鍵字的抓取。你會發現，每多聽一遍，就會因為前面聽到的字而幫助自己多聽到一些本來不是那麼清楚的關鍵字。聽到三遍以後，就開始可以聽出一些你覺得有點模糊，但可能可以猜測是某一個字，加上跟影片的標題連結在一起，便能更加確定地猜測，在此你已經在進行主動式學習，不再只是讓資訊被動地進入大腦，而是有意義、有目的、主動地掌握了文章

的題目和其中關鍵字的關係。

等到聽完三遍之後，我們將這些關鍵字開始進行分類階層化的排列。這屬於提問（Question）。這時候你要問自己，這些關鍵字與標題有什麼關係？關鍵字與關鍵字有什麼關係？將關鍵字安排在符合文章邏輯架構的位置來回答這些問題；另外，如果剛開始無法提問，那麼每一支TED-Ed影片都有附帶幾個題目，你可以嘗試回答這些題目，以確認對文章的理解。如果發現無法回答或是回答錯誤，就要在接下來閱讀（Read）時，針對這些錯誤的地方，進行深度理解。

完成了自己在聽力上對關鍵字的抓取，以及排列之後，我會建議把整篇文章的腳本從頭看一遍。當然你可以將字幕顯現出來，然後寫下來，不過這相當耗時。TEDICT App 有輸出腳本的功能，是一個相當不錯的選擇，省時又正確。

這一遍就是為了要確認所抓到的關鍵字的拼讀對不對，特別是剛剛聽起來似是而非、有點模糊的單字，再來就要進入完成心智圖以達到深度閱讀理解的部分。

➡ 心智圖的加成作用

通常不管是用聽的或是用讀的，文章都是從頭到尾一直看下去，如果沒有適度地思考，那麼就很難發現作者隱藏在文中的意思，心智圖法在這裡扮演一個很重要的腳色，藉由關鍵字的選取、邏輯分類階層化進行水平思考和垂直思考的排列，不但可以自我評量對文章意義的瞭解程度，更可以因為將關鍵文字抓取出來，而看到重點在文章中的相互關係。

完成整篇文章的心智圖之後，用自己的話重新講一遍，也就是複誦（Recite）的策略運用。在這一部分，只需要看著心智圖自己說或是找個人聽你說這篇文章的摘要，如此不僅練習到了如何精簡文章、說出重點，更練習了如何有條有理的口說技巧，這對於考托福、雅思的口語測驗特

別有用。因為口語測驗不僅要能夠說英文，並且要能夠對於考官所提問題言之有序、言之有物，並不是想到什麼說什麼，而必須內容架構清楚。如果平常沒有做這樣的練習，臨場是很難發揮出來的。但長期這樣練習會不知不覺養成習慣，在面對口試考官時，他跟你對話的內容，會進入你腦海中的心智圖做邏輯排列，等你要回答時，就只需要依據剛剛在腦海中形成的心智圖來依序回答，就能相當有內容、有邏輯、有結構，而且絕對不會偏題了。

最後是複習（Review）的步驟。這時候我們除了在不看文章心智圖的情況下，說出來或是在腦海中回想一次以便記住一些科普知識之外，更重要的是重複練習一次。要練習什麼？在這裡回到我們學英文的目的裡的「寫」的能力養成。如何寫好一篇文章？首先就是要有清楚的架構、要能使用優美的文句。英文畢竟不是我們從小慣用的語言，我們的思維是中文思維，寫出來的當然就是中式英文。那麼如何能練習出英式英文或是美式英文呢？還記得剛剛的文章心智圖嗎？這心智圖裡就有清楚的英文文章架構，其中也會有英文慣用句型，在這裡學習模仿架構、句型，然後寫一篇不同題目的文章。如此一來，就像是臨摹書法字帖一般，多練習幾次，就能養成英式或是美式寫作習慣了。不過我還是建議，寫完要找個英文文法老師幫忙檢查文法正確性，以免一錯再錯，錯誤也會成為習慣，而且相當難改回來。

➡ 聰明學習 ....

要提升學習效果，不能只靠「work hard」，更要「work smart」。Fiona 目前還是個中學生，過去一直在臺灣環境裡學習，從小我就讓她在多元智慧環境下展開她對這個世界的瞭解，我希望她有能力在主動式思考下有效學習，因此我對她學習的要求都是真正的理解，而不是分數上的美麗。我從她二歲開始，就慢慢循序漸進地讓她在生活當中習慣心智圖法

這樣的學習方法，多年下來，她也能一直運用心智圖法，讓學習變得輕鬆有趣。

Fiona 進入初中之後，我們因緣際會來到北美。一開始她同樣要面對英文學習的衝擊，特別是她在臺灣從不曾上過所謂美語補習班，因此一下要面對大量的英文聽說讀寫，也相當辛苦，甚至出現外國老師跟她說看不懂她寫的作文的挫折。還好，她對心智圖法已經運用得相當熟練，這樣的熟練已成為她帶得走的能力，已經能夠讓她用來學習陌生的內容。

接下來的第一部八篇文章，讓 Fiona 來告訴我們，她如何運用心智圖法學 TED-Ed 來提升英文聽說讀寫能力。

第一部的前三單元，我會在 Fiona 說明如何進行該部分學習之後，再詳細的從心智圖法和學習策略的角度，解釋為什麼要用這樣的方法練習，以幫助讀者們知其然且知其所以然。讀者經由這三個單元熟悉心智圖學習方法之後，接下來可以跟 Fiona 用同樣的方法，用同樣的影片來學習英文聽說讀寫，並且學習繪製英文的心智圖，繪製好之後，可以跟書本內的心智圖做比較，看看有哪些不同。有不同的地方，要特別再仔細看看下面的說明，來幫助自己澄清學習觀念，也歡迎大家加入心智圖法的學習行列，共同成長學習。

第一部

八堂課學好英文
聽說讀寫

巧克力的歷史

The history of chocolate by Deanna Pucciarelli

影片請掃 QRcode 或是使用短址 https://reurl.cc/j5yXKq

◆── 聽出關鍵字 ──◆

在學習中，找出關鍵字是很重要的一件事，在學習英文中同樣如此。第一課，我就以我看過的 TED-Ed 影片 The history of chocolate by Deanna Pucciarelli 為例，說明我怎樣尋找關鍵字，瞭解文章重點。

看到這個標題的時候，我聯想到的是我們平常很愛吃的巧克力過去到底扮演什麼腳色？巧克力的演變過程？或者有什麼特別的事件發生在巧克力的演變史嗎？先看一下影片所提供的練習題之後便發現，其中果然問到了巧克力的發現、巧克力的歷史、重要的製程，以及巧克力的用途等等。

在看過影片提供的題目（即 Think 單元 https://reurl.cc/zzpgzN）後，我覺得以下這些單字很重要，因此在聽影片的時候，就會專注在有沒有聽到這些關鍵字。如果有，我就會記住影片在這些關鍵字前後提到的故事。

Think 單元

關鍵字如下：transatlantic、love、wives、European country、encountered、invented、separation、solids、cocoa butter、Aztec、medicine、West African、solutions、chemical properties、transformed。

單就題目 The history of chocolate 和這些我認為的重要單字,就可以先形成對這支影片的初步猜測。不管是練習聽力或是閱讀,如果能先有猜測內容的步驟,就好像暖身一樣,比較容易提高專注力,以及建構出文章的脈絡。即使最後發現內容與自己原來的猜測不盡相同,但是因為經過猜測的步驟,就進行了**主動思考**的第一步驟,而不只是聽講式學習了。

➥ 聽力練習,抓到關鍵字 ⋯⋯⋯⋯⋯⋯⋯⋯⋯⋯⋯⋯⋯⋯⋯⋯⋯⋯

☐ **第一次聽**

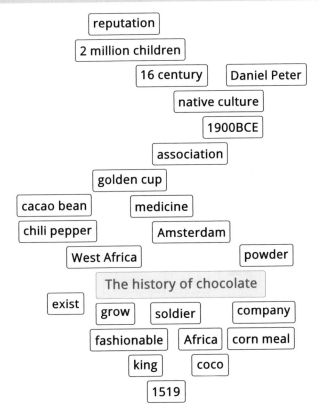

第一遍聽到的單詞有 native culture（本地文化）、 1900BCE（1900）、powder（粉）、company（企業）、corn meal（玉米粉）、chili pepper（辣椒）、cacao bean（可可豆）、Daniel Peter、coco（可可）、Africa（非洲）、soldier（士兵）、1519、king（國王）、fashionable（流行）、grow（成長）、golden cup（金杯子）、West Africa（西非）、reputation（名譽）、2million children（兩百萬個孩子）、medicine（藥）、16 century（16 世紀）、exist（出現）、association（協會）、Amsterdam（阿姆斯特丹）。

這支影片是在敘述巧克力的歷史，很多單詞都是跟巧克力的歷史有關係，比方說，地名、國家，還有巧克力的起源時間。在聽完第一次影片之後，我就會去聯想到巧克力在古時候出現差不多是在 16 世紀，而且並不是以我們現在看到的巧克力的形式呈現，反而巧克力在過去扮演著一個神聖的腳色。甚至當時就位的國王都會使用黃金杯來喝巧克力。

■ 第二次聽

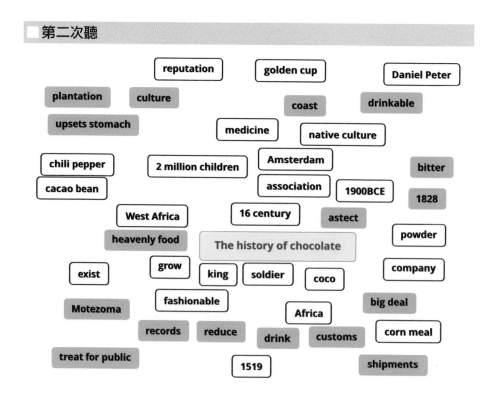

第二遍聽到的單字有 Motezoma（蒙特祖馬）、records（紀錄）、reduce（減少）、drink（喝）、plantation（種植）、upsets stomach（胃部不適）、bitter（苦）、1828、 drinkable（飲用）、big deal（重要的）、culture（文化）、customs（海關）、shipments（貨物）、heavenly food（神聖的食物）、treat for public（對待眾生）、astect、coast（海濱）。

　　第二次就可以寫出第一次聽到關鍵字的細節，比方說，第一次聽到 Africa（非洲），第二次就能聽到是在 West Africa（西非）什麼時候？發生什麼事？比方說，16 世紀非洲人們開始有交易貨物的行為，而且也有海關的管控了。在我們的印象中，巧克力通常是容易導致蛀牙或是帶給人類一些不好的成分，但在古時候，巧克力反而被人們當成一種藥物。

第三次聽

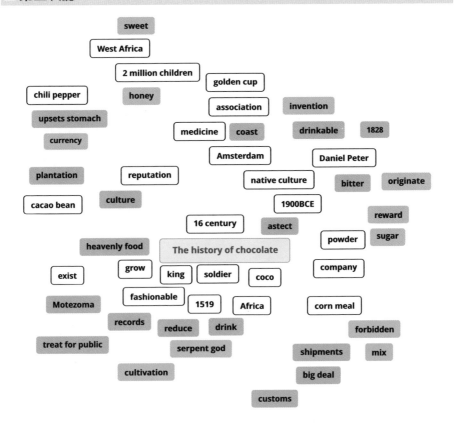

第三遍聽到的單字有 originate（起源）、reward（獎勵）、sugar（糖）、invention（進化）、forbidden（被禁止）、honey（蜂蜜）、sweet（甜）、cultivation（養殖）、 serpent god（蛇神）、currency（貨幣）、mix（混合）。

　　因為已經聽到第三次了，所以我多留意了之前聽到但不確定拼法的單字，比方說 serpent god 這支影片的速度算快，所以第一次聽到時，拼出了 serphant，因為不確定，所以沒寫下來。第三次我就特別留意這個單字，仔細聽了這個單字的發音才想起 serpent 這個單字。在前面兩次聽完之後，差不多就能知道人們認為巧克力是種神聖的食物，甚至是人們信仰的神賜給他們的食物。

學 習 策 略 提 醒

　　全腦式閱讀法就是要先對閱讀材料下好心錨（在心理上對某個概念或語詞先產生印象），最容易的方法就是對文章標題產生聯想、先看文章測驗題要考些什麼？這跟讀應試書一樣，重點通常會出現在考題裡。所以如果先對考題有概念，再回頭閱讀本文的時候，跟考題有關係的字，會因為心理作用的關係，而感覺特別顯眼，那就容易抓到重點。

　　從 Fiona 三遍聽力的過程中，可以發現每多聽一次就越能聽到細節，這就是因為每聽一次，就又下一次心錨，因此在聽到前一次有相關的字時，就會特別注意到了。

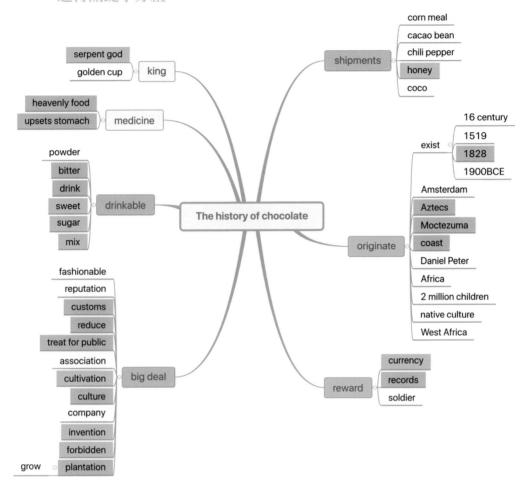

　　從前面三次聽到的關鍵字中我選出七個比較大概念的關鍵字、分別是 shipments（貨物）、originate（起源）、reward（獎勵）、big deal（重要的）、drinkable（可飲用的）、medicine（藥），然後再把有關聯的關鍵字加在這些大概念的下位階。

　　比方說，在 originate 這支，我把所有時間都放在 exist（出現）後面，因為一次聽沒辦法記哪個年份是在哪個國家、發生什麼細節，所以我就都歸成出現的時間這一類。

第二支 reward，在它的下位階都是巧克力被當作獎勵呈現的例子。

第三支是 big deal，這支的下位階比較多，因為我歸類的方式是以因為巧克力而發生什麼事，發生的事有比方說 reputation（名聲）或者 invention（發明）。

第四支是 drinkable，我分類的概念是當巧克力變成可飲用的時候，人們通常以什麼形式或者加入了什麼來飲用，比方說，人們把巧克力變成 powder（粉狀），再加上 sugar（糖）來飲用。

第五支是由巧克力演變成的 medicine（藥），在它的下位階，我把這個藥的用途列在下面，比方說古代的人就用巧克力來治 upsets stomach（胃部不適）。

最後一支是 king，我用來分類的概念是國王怎麼利用巧克力，可以看到國王使用 golden cup（黃金杯）來食用巧克力。我把 serpent god（蛇神）放在國王的下位階，因為當時的人們的想法是先尊重國王，接下來才是他們信仰的神或宗教，雖然都是人們尊重的對象，但這些對象中還是有階層，蛇神就是在國王的下一層，所以在心智圖我才把蛇神放在國王的下位階。

學 習 策 略 提 醒

　　關鍵字分組就是進行主動式的思考和記憶。我們常常在聽口語材料時，很容易會漏掉資訊，這是因為人類吸收訊息的方式，大多是視覺型，如果沒有看到，不容易產生記憶痕跡，這也就是考聽力測驗時覺得困難的原因之一。但若是常常做關鍵字分組練習，資訊進來時就不會線性般一個接著一個，超過短期記憶的容量，而會有不同區塊的分類。如此一來，因為在腦海中先分過組，所以每一組資訊就會少很多，於是就可以顯著減少記憶負荷量，而提升記憶力。

找出文章的結構

　　這支影片我從關鍵字延伸出三個類別，分別是 origin（起源）、develop（發展）、conclusion（結論）。這支影片是關於巧克力的歷史，屬於敘述的文章，所以我的類別跟開始、經過、結果很相似。

　　我在起源用藍色，因為紅、黃、藍是所有顏色的基底，跟起源的意義相近，而且大海是藍色，所有生命的起源來自大海，因此藍色就給我帶來了一種事物的源頭的感覺。發展這一支我用橘色，因為發展就像太陽發射出的光芒一道一道，所以我用太陽發射光芒的橘色來代表巧克力的發展。我用紫色當結論，因為紅色混藍色是紫色，而橘色跟紅色又是相同色系的顏色，所以帶給我一種結尾的感覺，最後我就聯想成從藍色支幹和橘色支幹得到的結論就是紫色。

學 習 策 略 提 醒

　　Fiona 是一個喜歡畫畫的孩子，因此她在說明顏色使用的考慮時，會不自覺的將自己在畫畫上的背景知識用進去，這就是為什麼小時候啟發多元智能很重要。因為在生活中多方面嘗試，使得 Fiona 在面對問題時，能夠左右逢源、觸類旁通的將自己所會的知識重新組合，這就是所謂的創意，組合的元素越多，所調出來的想法就越獨特，所以多看、多聽，才有辦法多想。

➡ 進一步藉由擺放關鍵字進行閱讀理解 ⋯⋯⋯⋯⋯⋯⋯⋯⋯⋯⋯⋯⋯⋯⋯⋯

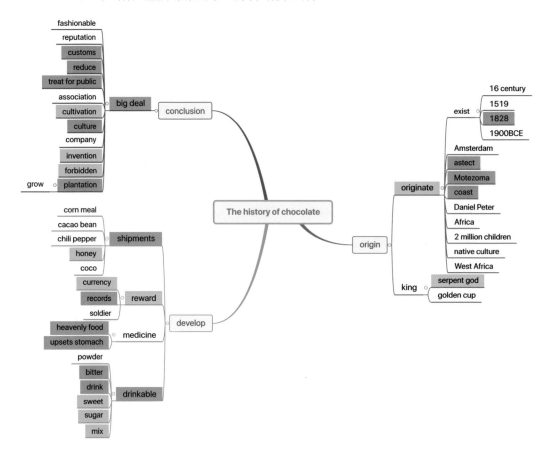

　　在上一個心智圖中已經整理出三個大概念，接下來就把之前的關鍵
字歸類。

　　三次整理下來會有三個階層：

　　第一支 origin，我把 originate 跟 king（國王）歸類在這個概念的下位
階因為 originate 跟 origin 都是起源的意思，而起源通常都是在敘述一個東
西的背景，或者因為什麼啟發了這個東西。國王讓我想到可能是這個東西

的發起人或執行者，所以我就把國王放在下位階。

　　第二支是發展，我聯想到的是巧克力在古時候被人類當作什麼來利用，所以我把 shipments（貨物）、reward（獎勵）、medicine（藥）、drinkable（可飲用的）放在他的下位階。

　　第三支是結論，結論讓我想到，巧克力可能在現代社會扮演什麼腳色？或者和人類有哪些關聯？或者是因為巧克力而發生的事件？或對人們生活的影響？比方說因為有了巧克力，世界上開始出現很多企業生產巧克力。

➡ 確認資料正確性，並修正聽力 ⋯⋯⋯⋯⋯⋯⋯⋯⋯⋯⋯⋯⋯⋯⋯⋯⋯

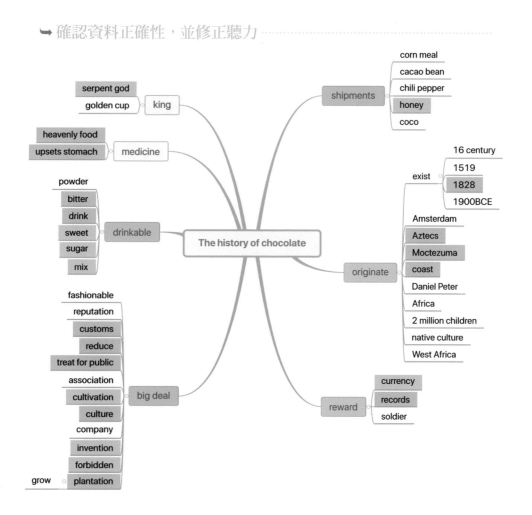

在這張心智圖中我把之前的關鍵字都檢查了一遍，然後對照了影片的文章把錯字修改成對的。

錯的字有 astect、motezuma，對照影片文章以後才知道是 Aztecs（阿茲特克）跟 Moctezuma（蒙特祖馬），這兩個單字一個是群族名，一個是人名，因為我不熟悉，所以只用了類似的音把單詞拼出來。阿茲克特是存在於 14-16 世紀的墨西哥古文明，分佈在墨西哥中部到南部。蒙特祖馬是一位君主，在位時間 1502-1520，曾經一度稱霸中美洲。這兩個單字是我在看了解釋以後才瞭解的，看完影片文章前後文之後，還有不瞭解的就進一步上網查詢相關資料。

學 習 策 略 提 醒

對學習產生好奇時，很自然地就會自動自發想辦法去瞭解得更深入些。心智圖法的學習，恰恰可以激發學習者這樣的興趣。在擺放關鍵字的過程中，其實不斷在自我提問：為什麼會這樣？這個字擺哪裡比較好？有了問題就會想要知道答案，而文中內容無法滿足學習者的期待時，就會另外找尋更多的資訊。如此一來，就激發出學習動機了。

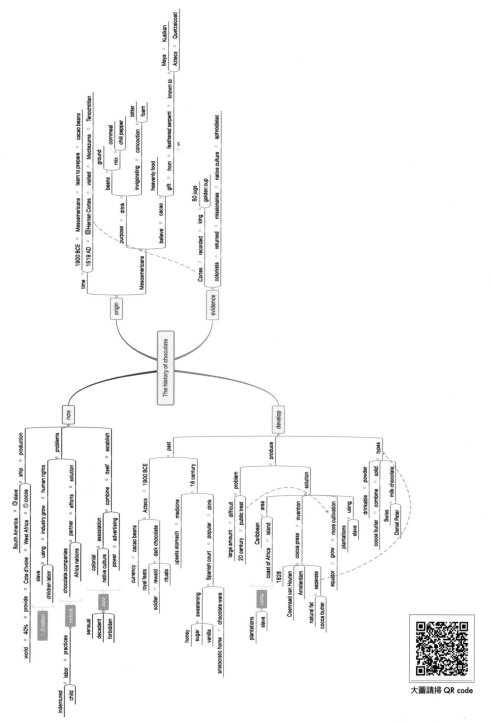

The history of chocolate

origin
- time
  - 1900 BCE — Mesoamericans — learn to prepare — cacao beans
  - 1519 AD — Hernán Cortes — visited — Moctezuma — Tenochtitlan
- Mesoamericans
  - purpose — drink
    - beans — ground
    - mix — cornmeal
    - chili pepper — bitter
    - concoction — foam
    - invigorating
  - believe — cacao — heavenly food
    - gift — from — feathered serpent
    - 50 jugs — golden cup
    - known to — Maya — Kukulkan
    - Aztecs — Quetzalcoatl
    - native culture — aphrodisiac

evidence
- Cortes — recorded — king — returned
- colonists — missionaries

now
- South America
  - Côte d'Ivoire
  - West Africa
  - slave — cocoa
  - ship — production
- world — 40% — provide
- 2 million — children labor — using — industry grow
- labor — practices
  - indentured
  - child
- problems — human rights
  - chocolate companies — Africa nations — partner — efforts — solution
  - reduce
    - colonial — association — combine — advertising
    - native culture — power
    - sensual — establish — itself
    - decadent
    - forbidden
    - aura
  - chocolate ware — aristocratic home

develop
- past
  - Aztecs — 1900 BCE
    - currency — cacao beans
    - royal feats — soldier — reward
    - dark chocolate — medicine — upsets stomach — rituals
  - 16 century
    - Spanish court — popular — drink
    - honey — sweetening
    - sugar
    - vanilla
- produce
  - problem — difficult — public treat
    - large amount — 20 century
    - area — Caribbean — island — coast of Africa — plantations — slave
  - solution — invention
    - 1828 — Coenraad van Houten — Amsterdam — cocoa press
    - natural fat — cocoa butter — separate
    - equator — grow — more cultivation — plantations — slave — using
- types
  - drinkable — powder
  - combine — solid
  - cocoa butter — milk chocolate
  - Swiss — Daniel Peter

這張心智圖是我根據影片文章整理出的最後完整筆記。我在最後增加了一支 evidence，因為影片中有提到很多過去的人記錄下來的事，如果把這些紀錄分散在不一樣的概念來寫，很容易在記憶的時候混亂。

　　這篇文章有很多名詞是很少接觸過的，但也不能直接把細節寫在心智圖裡面，所以就可以在需要加註解的地方加上一個黃色標籤，好放說，我在 feathered serpent 下面加了一個標籤寫著 god，因為在古時候人們相信有一個有羽毛的蛇，他們認為這就是我們所謂的神，也相信巧克力就是這個神賜他們神聖的食物。

　　心智圖就是要多利用圖像記憶，能用圖標代替文字的地方，我就盡量利用。比方說在最後一支 now，因為現今生產巧克力的方式不再是利用奴隸，而是靠運送巧克力豆到世界各地來生產，所以我直接在 slave（奴隸）加了一個打叉的符號，在 cocoa（可可）後面加了圓圈，加上前面的概念就可以瞭解現在巧克力的生產方式。

　　在這張心智圖我使用了三個連結線，連結線的概念通常是因為發生什麼而導致什麼結果，比方說在第三支 develop 就有兩個例子，第一個是從 public treat（公眾的款待）拉到 more cultivation（更多的耕種），第二個是從 separate（分開）拉到 types（種類），在讀這些關聯線的時候我會讀作：為什麼人們需要 more cultivation（更多的耕種），因為巧克力成為了 public treat（公眾的款待）所以要生產更多巧克力。或者是第二個為什麼巧克力會出現這麼多 types（種類）？因為之前有人發明了壓縮器可以把可可裡面的成分 separate（分開）出一般的脂肪跟可可的奶油，所以當分解出了這些東西之後，有人開始分別利用，最後才會慢慢發明出不同 types（種類）的巧克力。

　　在這一步驟要記得，練習用自己的話依循著原文的結構和所記的說一遍，以練習口語發音和摘要重點的能力。

　　從這張完整的心智圖裡，我們其實可以看出很多影片中沒有特別講到，但是可以再深一層思考的內容。比方說，從心智圖中可以瞭解巧克力從一開始出現就是一個高級品，從哪裡可以看出來呢？因為在西元前1900 年中美洲人認為巧克力是神的恩典，而且之後在 16 世紀，有一個國王竟然慎重地用金杯來喝，之後巧克力不僅可以當藥，甚至可以是一種賞賜。可見巧克力從一開始，就呈現出一種高貴、奢華的感覺，這與現今商業廣告所要塑造出的巧克力氛圍其實相同。

　　但接下來，巧克力在光鮮亮麗之下，因應需求而大量生產卻存在著先進國家與未開發國家之間的不平衡關係，從心智圖中可以看到，為了要能夠滿足大量的商業需求，採用了奴隸甚至是童工，從這裡可以激發學習者對於文章的批判性思考，文章中也提出一些解決方法，像是可以重視巧可力豆生產地的文化而不是只當成殖民地式的剝削。如此一來，就不再只是一篇單純介紹巧克力歷史的文章，而是可以用來深度探討種族、人權、公平的世界議題了。

本章影片提供的題目答案分別是：

　　第一題答案是 **1. C 1519**

　　這個答案可以在心智圖中的第一支後面的兩個年次中看到 1519 這個關鍵字。

　　第二題答案是 **B. Montezuma**

　　這題答案可以在心智圖中第一支 origin 後面看到是 Montezuma 的人開始飲用巧克力的。

第三題這題答案可以在第三支 develop 後面可以照到在 past（過去）人們在 **Spanish courts** 有用到巧克力，然後這個關鍵字符合題目答案的選項。

第四題答案是 **A Coca press**

這個答案可以在心智圖裡的第三支光芒後面的 produce 中的 invention（發明）可以找到這個關鍵字，接著從分類的內容就可以知道它的用途。

第五題答案是 **D All of the above** 一樣可以。

在心智圖中的第三支光芒 past 後面看到 Aztec（阿茲特克人）拿巧克力來做些什麼。

以上這些答案都可以在最後完整的心智圖中找到。比方說，第四題 Conrad Van Houten 發明了什麼來分離可可裡面的成分？在心智圖的 develop（發展）這支可以找到因為發明了可可壓縮機才有辦法分解出一般脂肪跟可可奶油，最後才能讓其他人來生產成其他形式的巧克力。

◆── 左右腦並用的心智圖筆記 ──◆

接下來我檢查了一遍心智圖中有什麼錯字，然後把不會的單詞變成長方形框起來，不會的單詞有：

feathered serpent
羽毛蛇神

equator
赤道

rituals
儀式

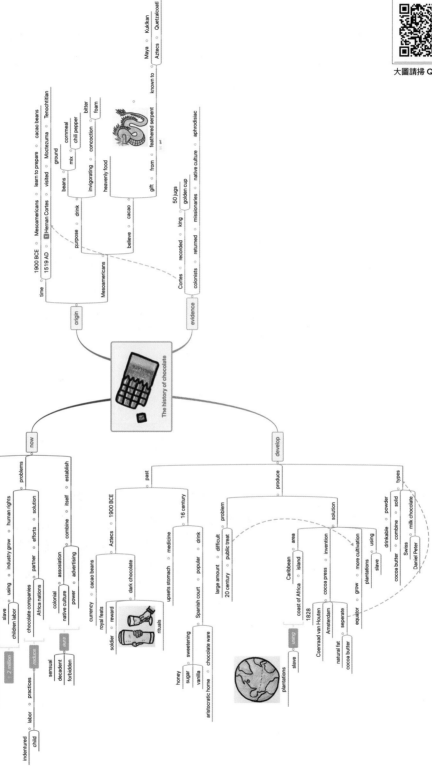

我不會的單詞分別是 feathered serpent、equator、rituals。我直接照著字面的意思畫出單詞的意思，feathered serpent 就是羽毛蛇神，所以我上網搜尋了當時這個神長什麼樣子，然後以比較簡單的方式描繪出來。equator 就是赤道，所以我畫了地球儀，在赤道的位置用紅色虛線標出來。rituals 就是儀式的意思，因為舉行儀式時多少都會有舉杯祝賀的意思，所以我畫了一個圖有人舉杯在慶祝，來表示這個單詞的意思。而今天影片的主題是巧克力，所以我畫了一個最直接能讓讀者明確瞭解的巧克力圖像，原本在決定畫什麼之前，我打算畫可可豆變成巧克力的過程，但因為中心主題就是要讓讀者直接切入主題，所以我畫巧克力而不是可可豆，避免在記憶的時候誤會成主題是可可豆的歷史。

學 習 策 略 提 醒

　　在心智圖中加上圖片的原因就是要幫助理解、加深印象，本書使用 TED-Ed 的內容主要是要加強英文聽說讀寫的能力，對於其科普內容，有些印象即可，不需要特別記憶。因此在這裡圖的位置就會擺放在容易遺忘的「生字」，當我們在思考什麼樣的圖可以表達出生字的意義時，就對這個生字有了更多的聯想，而且是在文章脈絡中聯想。好比這一張心智圖，閉上眼睛，可以想出中心主題的巧克力之後，很容易想到另外三個圖像，然後自己回答這三個圖像所代表的生字，如此一來是不是就容易記住了呢？

　　同樣的，在完成整篇文章的心智圖之後，我們仍然用心智圖簡報方式來說一遍文章的重點，在這裡還可以在有插圖的地方，更詳細的說明一下這個關鍵字在這裡所代表的意義，Fiona 的閱讀心智圖示範音檔可以從此連結。

請掃 QR code 聽語音示範

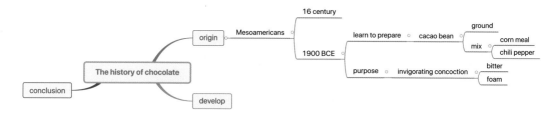

在改正這張心智圖之前，我在 origin 的地方有一些問題，因為文章裡面可以看到在 16 世紀跟 1900 BCE 的人物都跟中美洲人有關係，所以我在第一階層的時候把 Mesomerica（中美洲人）作為第一個概念，再把發生的時間跟細節寫在下一個階層。

◆──── 寫出英文思維的作文 ────◆

➥ 運用心智圖法打草稿 ··

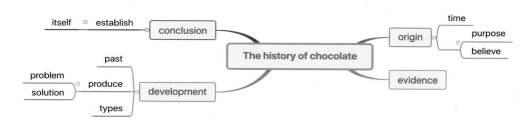

學 習 策 略 提 醒

整理完影片的心智圖之後，文章的結構也清楚了。作文仿寫的四個概念就是 origin（起源）、evidence（證據）、develop（發展）、now（現在）。我以之前整理好的心智圖來完成作文仿寫的結構，這些留下來的字就是會在新的文章用到的概念。

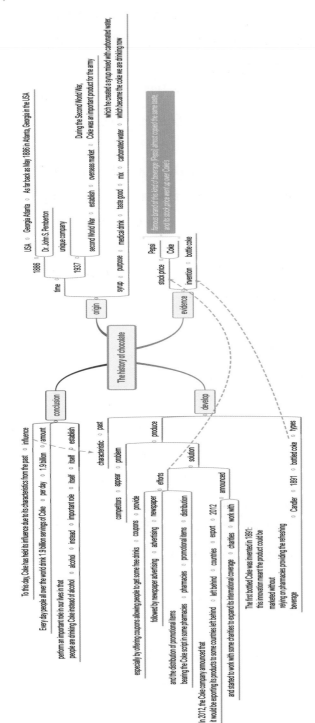

大圖請掃 QR code

前頁心智圖是我用新文章的內容寫出的心智圖，我在一些關鍵字後面加上文章裡用到的特殊句子，這些句子很多都是用到特別句型，比方說 Therefore, Instead of，這些都是在寫文章時很好用的句型，記在腦中，下次寫作文的時候才能用上。

下面就是我利用這個心智圖的結構寫出的作文仿寫。

The history of coke

Do you know that a Coke was once sold for 5 cents per glass? That was quite different from the price right now, because Coke has been propelled by a lot of advertising, so we are drinking massive amounts nowadays.

As far back as May 1886 in Atlanta, Georgia in the USA, Coke already existed, having been created by Dr. John S. Pemberton. He had been trying to create a medical drink that still would taste good. The records give us some information about the process by which he created a syrup mixed with carbonated water, which became the coke we are drinking now.

Afterwards, many businessmen wanted to have his unique recipe, and sell the product to the world. In 1937, Coca-Cola became a popular company in the States. During the Second World War, Coke was an important product for the army, yet the price stayed the same, sometimes causing the product to suffer a loss, but it was still cherished by the people in the country. After the war ended, Coke established itself in overseas markets.

The biggest problems Coke faced began in April 1885 when many different competitors and brands started to appear, confronting Coca-Cola for market share. For example, the other most famous brand of this kind of beverage（Pepsi）almost copied the same taste, and its stock price went up over Coke's. Therefore, Coca-Cola started making efforts to improve to consolidate its power in society, especially by offering coupons allowing people to get some free drinks. By 1887, coupons had become fashionable, followed by newspaper advertising, and the distribution of promotional items bearing the Coke script in some pharmacies.

Coke became much diversified: a businessman called Candler was mostly focused on inventing new packaging for it. The first bottled Coke was invented in 1891: this innovation meant the product could be marketed without relying on pharmacies providing the refreshing beverage. In 2012, the Coke Company announced that it would be exporting its products to some countries left behind, and started to work with some charities to expand its international coverage.

To this day, Coke has held its influence due to its characteristics from the past. It continues to perform an important role in our lives in that people are drinking Coke instead of alcohol. Every day people all over the world drink 1.9 billion servings of Coke. So as you open the next bottle of Coke you can think about how this product came into being and the transformations it has undergone.

學 習 策 略 提 醒

寫作時，如果能夠有脈絡之間的連結，會使得整篇文章環環相扣，讀起來有一氣呵成的感覺。先用心智圖法寫好草稿，然後善用連結線找出概念間的關係，就比較容易找出原來藏在其中看不到的弦外之音。

在作為作文草稿的這張心智圖中，會發現似乎與前面所說的一個線條擺放一個關鍵字的原則有些出入，本張心智圖中會發現一個線條甚至有一整段話的出現，那是因為作文草稿的心智圖主要是為了要統整組織出思考的內容，而非分析文章的細節，因此掌握每一個主要概念的想法之後，可以因為思考想法的湧現而以整段文字表示；另一個在本張心智圖會出現以一整段句子出現的原因是，可以標示出原文的優美句型或片語，從而學習寫出英語式思維的作文。

The history of tea

　　本單元的文章架構包含了敘事主題的**起源**，接著提出一些例子來支持第一段的起源，然後再談到發展至今的情形，最後為這個主題做一個結論。喝茶是中國傳統歷史，打從神農氏（Shennong）嘗百草開始，就發現了茶可以解毒，而現今喝茶更是幾乎成為人人每日**不可或缺的飲料**，雖然茶葉有很多好的**功用**，但在使用上也有些**禁忌**要注意，請將你所知道的茶，以本單元文章架構寫出一篇關於茶的作文。

為什麼有人是左撇子？

Why are some people left-handed by Daniel M. Abrams

影片請掃 QRcode 或是使用短址 https://reurl.cc/Ld8l4L

聽出關鍵字

　　每一次的學習都是從找關鍵字開始，而要能增加我們對不熟悉語言的敏感度，最好的方法就是先看看標題進行預測，在這個過程中，大腦會湧進很多與標題相關的字眼，因為這個步驟，在接下來看影片時，就會自然而的注意到與一開始大腦預測時曾經出現的相關字。

　　在 Why are some people left-handed? By Daniel M. Abrams 這支影片中，一看到影片標題，我就聯想到左撇子是怎麼形成的？有多少人是左撇子？左撇子有什麼行動上的不便？所以我在聽影片的時候，如果有聽到跟這些問題有相關的單字，就會特別留意。

　　從影片所提供的練習題裡發現提到了與左撇子有關的一些問題，像是世界上有多少人是左撇子？左撇子是怎麼發生的？考古學家可以通過哪些方式判斷某人是否是左撇子？什麼樣的親代配對最容易出現左撇子？如果人類的演化只有打鬥與競爭，左撇子的發生率會有什麼改變？

Population（人口）、Left-handedness（左撇子）、archaeologists（考古學家）、chance（機會、機率）、 offspring（後代）、evolution（演化）、natural selection（天擇）、evolution affect（演化作用）、sport's（運動的）、

serve（服務）、advantage（優點），上述這些單字在影片所提供的題目中，我覺得跟左撇子有直接關係，而且很重要，所以在聽影片時，我就會注意有沒有聽到這些單詞，並會記住這些字跟左撇子的關係。

➡ 聽力練習，抓到關鍵字 ⋯⋯⋯⋯⋯⋯⋯⋯⋯⋯⋯⋯⋯⋯⋯⋯⋯⋯⋯⋯

◻ 第一次聽

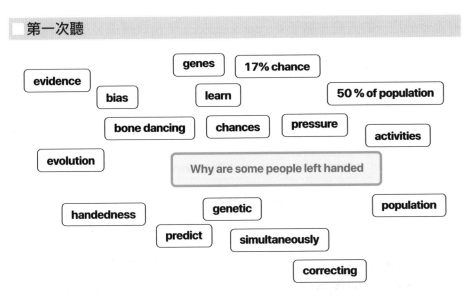

在第一遍聽這支影片的時候會聽到較多偏向背過的單詞，或者是一些直接跟標題有關聯的關鍵字，也可以說是第一次的分類。

比方說，今天這支影片的主題是為什麼有些人是左撇子，在第一遍聽到最多的單詞就是有關怎麼形成的？特徵是什麼？一些相關字有：pressure（壓力）、activities（活動）、population（人口）、evolution（進化）、50% of population（百分之五十的人口）、correcting（修正）、simultaneously（同時）、genes（基因）、chances（機率）、handedness（慣用手）、17% chance（17% 機率）、learn（學習）、bias（偏見）、evidence（證據）、bone dancing（骨頭跳舞）、predict（預測）、genetic（基因的），這些字都跟左撇子有直接關聯。

在第二遍中就出現比較多這些詞的細節和一些研究根據，然後出現更多例子，在聽第一遍的時候會聽到很多印象深刻的單字。

聽第二遍的時候，我就會專注在這些印象深刻的單字敘述上，比方說 potential（潛力）、competing（競爭）、golf（高爾夫球）、baseball（棒球）、common to practice（常見在練習）、1/10 of world are left-handed（世界上十分之一的人是左撇子）、not a choice（不是個選擇）、twins（雙胞胎）、determine（判斷）、competitive（競爭）、co-operative（合作）、data（數據）。但因為速度很快、內容很多，所以還是只能聽到針對單詞簡單的形容。在人口方面，可以知道有 50% 的人是左撇子，在一些針對運動和樂器的研究發現左撇子的人有的一些特質和共通點。

　　第三遍聽這支影片時，我聽到的單詞有 sports（運動）、selection（選擇）、distribution（分配）、archeologists（考古學家）、inborn（天生）、same gene can have dominate handedness（相同的基因可有不同的慣用手）、society（社會）、effects（影響）、proper hand（適當的手）、force to learn（被迫學習）、instruments（器材）、disappearing（消失）。

　　我寫出的單字很多都是我第一次寫出的類別裡的細節，很多詞都很類似，只有細微的差別。英文最大的一個特點就是，一個意思有很多個單詞能代替，比方說 learn 和 common to practice 這兩個單字都是「練習」這個類別的一種，只是 common to practice 是 learn 細說。在第三遍裡，也可以明顯看到我有聽出一些比較長的句子，因為前兩次已經聽到了影片的大概，所以最後一次就可以比較容易一次聽到多一點單字。

在心智圖法中有一個重要的閱讀技巧，我們稱為**全腦式閱讀**。什麼是全腦式閱讀呢？就是在閱讀全文之前，一定要先瞭解自己閱讀這篇文章的目的，是為了考試的學習？為了增強知識的學習？為了休閒娛樂的學習？以及在本書中 Fiona 是為了要同時增加知識，也要提升英文聽說讀寫能力的學習。

瞭解自己的目的之後，就像在心中放了一個濾網，所有跟「增加知識也要提升英文聽說讀寫」相關的內容，就會特別被自己所注意到，而要增加知識一個很好的輔助工具就是影片所提供的題目。在還沒有聽內容之前，先把題目瀏覽一次，之後在聽的過程當中，如果出現跟題目相關的字，就會特別容易聽到了。

而將所聽到的關鍵字，以浮動主題（也就是沒有進行任何的文章脈絡排列，而是任意寫在紙上，這樣的記錄方式稱為浮動主題）的方式隨意記錄在第一次的心智圖中，不需要特別做整理。在這裡會建議使用**心智圖法軟體**（本書使用 Xmind）來記錄關鍵字，因為使用軟體可以在聽到更多關鍵字之後，在進行整理時，靈活的依據邏輯想法，排列關鍵字的位置。

接著再聽 2 ～ 3 遍，如此會聽到更多關鍵字，並且掌握更多文章所要表達的意思，此時同樣將所聽到的關鍵字，隨意以浮動主題方式記錄在心智圖中。

➡ 進行關鍵字分組

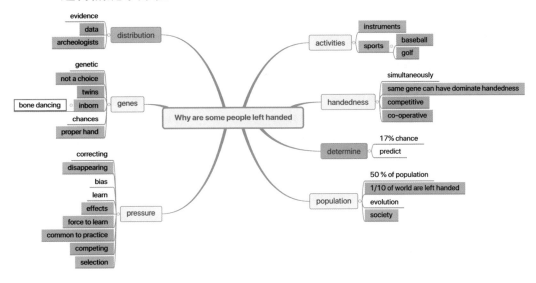

　　在這張圖中，我把之前的關鍵字加以分組，這些類別的名字是用之前整理出的關鍵字來當成比較大的概念，比方說 activities、handedness、pressure、determine、population、genes、distribution，這些比較大的概念就是圖中這些大長方形。但是因為這些關鍵字很多，且意思都很相似，如果單單只看字的意思，我在分類時常常分錯概念，因為就像之前說的，一個意思可以有很多單字來代替，在不同的脈絡裡，會有不同的意思表現，要正確判斷單字的意思，還是要根據影片的前後內容來判斷。

　　在做這張心智圖的時候，我遇到最大的問題就在 pressure 這塊，因為裡面的單字有太多跟 pressure 意思相同，所以這裡應該會有一個在 pressure 上位階的概念，來整合這些相近意思的單詞，因此這時候用更大一點的概念詞來分組會更恰當，但是要發展出更上位階的概念詞，則需要對文章有更通盤的瞭解。

　　另外，我在這張心智圖中，還把我有疑問的單字用長方形框起來。因為是聽力，我只把我聽到的音先拼出類似的字，不過並不確定，所以我就先把 bone dancing 用長方形框起來。

　　這個組織關鍵字的步驟，就是運用心智圖法的水平式思考和垂直式思考來建構文章的脈絡。針對每一個關鍵字去思考與其他關鍵字的邏輯意義，是屬於同一層的概念或是下一層的概念，同一層概念就放於水平位置（同一階層），如果是相對來說概念小一些，就放於垂直位置（下一階層），如此幫每一個關鍵字找到適合邏輯概念的位置，藉由這樣的方式思考每一個關鍵字應該擺放的位置，不僅可以深度理解每一個字，同時在此加強了對每一個字的記憶，而且是在文章脈絡中記憶，屬於語意情節式的記憶，非常容易進入長期記憶，永遠不會遺忘，而這樣的過程就是在進行主動式思考。

　　由於這篇文章不是太困難，所以 Fiona 在聽第三次的時候，已經可以把她聽到的關鍵字開始放入她建立好的類別中，而這時候，在她的腦海當中，也已經有了整篇文章結構的基本樣貌了。

◆── 找出文章的結構 ──◆

　　這張心智圖的光芒是利用標題跟關鍵字延伸出來的，所以我決定這幾個類別就是這張心智圖的第一層光芒。這些類別的範圍包含很多，像 reason 就包含了 pressure、genes，explanation 包含了 handedness，example

包含了 activities，evidence 包含了 population，support 包含了 distribution。

　　一般來說，閱讀文章的心智圖很容易分為開始、經過和結果，但這個內容細節比較多，如果用開始、經過、結果來分類，整張心智圖的關鍵字排列就會延伸太長，記憶就比較不容易。但是思考一下就會發現 Reason 代表的就等於開始，Explanation、Example、Evidence 相當於經過，而 Support 就等於是這篇文章的結論。

　　為了凸顯類別的不同，在心智圖中使用色彩分類會清楚很多，而且每一個顏色不管是給個人的看法或大家的感受，最好都跟支幹上的類別有關聯。

　　我在「Reason」（理由）用藍色，因為我覺得理由是一件事情的基本，而且必須中立，而紅、黃、藍是顏色的三原色，所以我覺得可以用藍色來代表理由這一支。

　　橘色給人一種協調或溝通的感覺，因為我覺得要表達一件事情，一定要心平氣和的去表達，所以我用橘色表示「Explanation」（表達）。

　　接下來，在「Example」（舉例）這支，我選擇用紫色，因為紫色是藍色跟紅色混和堆積出來的，給人比較多樣性的感覺，剛好舉例就可以堆疊出我們的標題。

　　紅色給人嚴肅的感覺，剛好使用在「Evidence」（證據）這支，因為是證據，所以也不能說謊，紅色也帶來一種警覺或重要的氛圍，同時讓我們知道這些證據對這個標題的重要性。

　　最後的「Support」（支持），我選擇了綠色，因為綠色就是一種認可或正義的感覺，支持也是正向的詞，所以我選擇了綠色來當支持這個分支主題的顏色。

心智圖法的四個核心概念就是：**關鍵字、分類階層化、色彩和圖像。**在顏色使用上，以英國心理學家愛德華‧狄波諾所著的《六頂思考帽》中，多數人類對於顏色的感覺來做參考。顏色和圖像都可以刺激我們的右腦發揮作用，Fiona 在文中相當清楚的說明她選擇顏色的理由。如此一來，這些文字就與她的距離更近，有感受就有理解與記憶了。

Fiona 在這裡所用的「光芒」表示是水平式思考，而「接龍」就是一個接一個的推演想法。這是在孫易新心智圖法兒童班與青少班教學時，為了讓小朋友不要因為專有名詞而造成理解上的困難，所以改用容易理解的語詞來替代，Fiona 從心智圖法兒童班開始學習，因此很習慣直接就使用「光芒」和「接龍」來表示二種不同形式的思考方式。

心智圖讓閱讀理解更容易

➡ 進一步藉由擺放關鍵字進行閱讀理解 ⋯⋯⋯⋯⋯⋯⋯⋯⋯⋯⋯⋯⋯

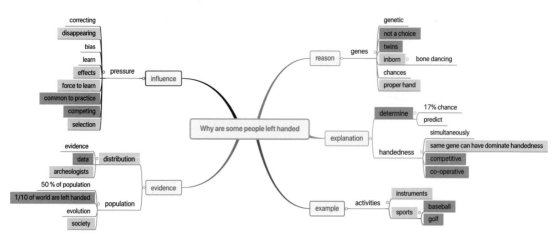

這張心智圖是把所有關鍵字分類放入我之前所設定的第一層大類別光芒中，同時我也已經可以進一步將關鍵字分出大類和小類，使其邏輯層次化。

我在整理這些關鍵字的時候，發現用 influence（影響）來代替 support（支持）更能夠概括後面的其他關鍵字，因為後面的單字很多都是因為左撇子而發生了什麼，比方說，因為左撇子，導致大家要學習或產生偏見，這些單字用 influence（影響）來表示更好。支持比較屬於正面的方向，但影響有好有壞，而我後面的關鍵字也是有好有壞，所以用 influence 比較適合。

學 習 策 略 提 醒

　　Fiona 在這個過程當中進行的是**批判式思考**（Critical Thinking），這是使用心智圖法做文章筆記所能培養出的很重要的能力。從她的敘述當中可以發現，她不再只是被動的接受文章提供的資訊，而是能夠提取她過去的知識，來幫助自己理解新知識，並且將之融合為新的能力，這就是學習成長的表現。

➡ 確認資料正確性，並修正聽力

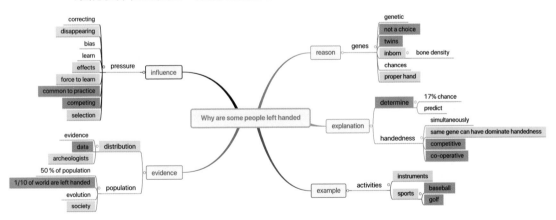

在寫這張心智圖之前，我再看了一遍影片，而且跟著影片的文字一起看，把所有拼錯或不懂的單字改過來。看了文字才知道 bone dancing 其實是 bone density，也就是骨質密度。因為這支影片是真人下去錄製的，所以會有速度或口音上的問題，在整理成最後正確的心智圖之前，先把單字的意思確認清楚，在最後歸類時會比較容易些。

學 習 策 略 提 醒

這裡進行的是第一個 R，Read（閱讀）的部分。當完成了自己在聽力上對關鍵字的抓取以及排列之後，我會建議把整篇文章的腳本從頭看一遍。這一遍的目的就是為了要確認抓到的關鍵字的拼讀是否正確，尤其是剛剛聽起來似是而非、有點模糊的單字。之前在不確定時，會先用顏色把它標示出來，那就要特別去找到、並確認其正確性。

文章完整心智圖

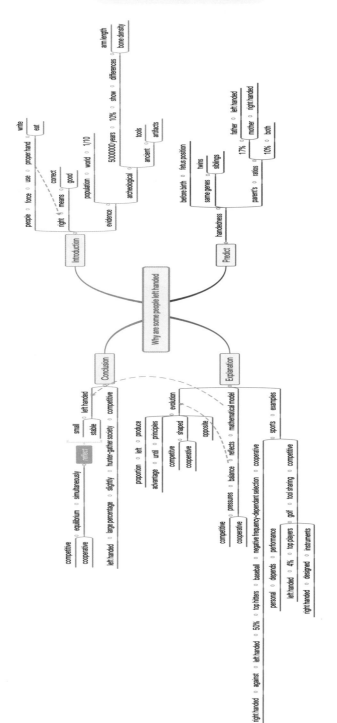

前頁的心智圖是最後整理最詳細且改正過的，所以主要的概念也會因為經過閱讀的再次整理而有所調整，不一定會完全跟前面用聽的所擷取的概念完全相同，因為人類的思維通常屬於跳躍式的，在文章寫作時，可能會出現某些相同的概念分散到不同的段落，經過文章的閱讀理解後，便可以統整類似的概念到同一個主要概念之下，以精簡資訊，這也是屬於摘要的能力之一。

這張心智圖的內容不只是之前的關鍵字，而是我反覆聽讀這篇影片的文字後整理出來的，就像整理課文一樣。首先，心智圖法是一個用來記憶的學習法，理所當然的，一張心智圖就不能有太多複雜的細節，不然就達不到記憶的效果。

就像之前說的，因為太多單字太類似了，所以我刪減了一點，比方說 learn、common to practice、force to learn，在文章的意義上，比較重要的是 force to learn，所以我捨掉了另外兩個。

寫英文心智圖跟中文心智圖最大的不同，就是英文有很多介系詞，比方說，在寫這張心智圖的時候，一開始我很容易會把介系詞像是 of、on、 to 當成一個字接龍下去，然後整張心智圖就會很大，非常難記憶，且看起來也不美觀，況且這些介系詞其實並不是關鍵，因此後來就省略不再寫。

心智圖越精簡越好，所以很多太長的、重複的，我都會去找能代替的字來精簡，比方說可以使用連結線或大括號，在 explanation 這支裡面，我就用了一個大括號在 competitive 跟 cooperative 後面，因為這兩個單字在之前的例子中是相反的，如果要放很多接龍在後面，整張心智圖會太大，直接用一個括號，了在後面寫上 opposite（相反），就會精簡許多。

另外一個例子是在 conclusion 這支，可以看到我在 small 跟 stable 後面加了 reflect，因為它們兩個都反映出了兩個相同特質，就不用多此一舉、寫一大串在後面。

在這一部分必須要清楚詳細的確認，所繪的心智圖內容能夠詳盡而沒有遺漏地將文章重點都包含進來，這就是一張完整的心智圖筆記了。

除了每一個關鍵字都可能是測驗題目的答案，還可以加上連結線、大括弧的使用，從這些符號的運用，可以很容易的達到推論理解，這屬於**高層次的閱讀理解**。像是回答問題六：How can evolution affect the amount of left-handedness in the human population? 人類進化是如何影響左撇子所佔的人口比率？這點在文章中並沒有非常直接的說明，而是需要經過閱讀理解，從文章所舉的例子中，推論出從人類的進化來看，如果都是競爭型的，那麼左撇子會越來越多，而達到幾乎 50% 的佔有率，不過由於人類的進化是合作和競爭同時存在的，所以左撇子的比率就不會跟右撇子相當，而且從左撇子的佔有率可以瞭解，人類的進化雖然是合作多於競爭，但仍然不能沒有競爭因子，不然就沒有動力了。從心智圖中就可以清楚看到，左邊兩條連結線說明，從數學模型來解釋競爭和合作壓力的平衡，以及左撇子的較少數量反映出的進化謎題。

本章影片提供的問題答案分別是：

第一題答案是 **D.10%**。

這題答案可以在心智圖中的第一支光芒 introduction 後面的 evidence 找到。

第二題答案是 **D. Determined by the position of the fetus in the womb**.

這個答案可以在心智圖裡第二支光芒 predict 後面的第一個內容找到。

第三題的答案是 **D. All of the above.**

答案在心智圖的第一支光芒 introduction 後面的 archeological 中找到。

第四題的答案是 **B. Mom is left-handed and dad is left-handed.**

答案可以在心智圖裡的第二支光芒 predict 後面看到關於父母是左撇子、還是右撇子的機率百分比：當父母都是左撇子時，小孩是左撇子的機率比較大。

第五題答案是 **A. To more lefties.**

答案可以在心智圖中的第三支光芒 explanation 後面的 evolution 中找到。

這些答案都可以根據心智圖的關鍵字跟題目的文字來對照，比方說，第二題在 predict 這個支幹中可以找到：慣用手可以在胎兒的胎位預測出來。

左右腦並用的心智圖筆記

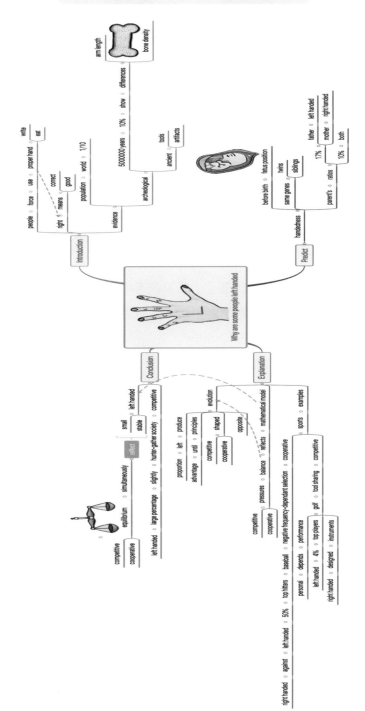

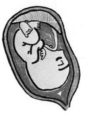

| left handed | fetus position | bone density | equilibrium |
| 左撇子 | 胎位 | 骨質密度 | 天秤 |

在重要的地方加插圖是加深記憶很好的方法。在這張心智圖中，為了讓記憶這張心智圖更快速，所以就用圖像來幫助記憶。

中心主題我畫了一隻左手，因為這支影片的主題就是跟左手有關，所以我決定直接畫左手。加了圖之後就會記得很清楚，中心主題是關於左撇子。

fetus position 是胎位，我畫了一個還在媽媽體內的胎兒。

bone density 就是骨質的密度，用一個骨頭上面加上一點一點的黑點表示。

equilibrium 是平衡的意思，所以我畫一個最能表示平衡的天秤等等。

圖像很重要的特徵就是要使用超過三個顏色，這樣也是為了更加色彩化和更容易引起讀者的注意。

學 習 策 略 提 醒

在一開始整理心智圖時，我們不會邊整理邊加圖，因為這就像邊閱讀邊查字典一樣，會干擾閱讀理解的進行。在完成文章的理解階段，要進到記憶部分時，才會開始添加圖像來幫助記憶。同時心智圖的圖絕對不是越多、越漂亮就越好，而是相當有目的性的，**特別重要的、要加深記憶的、不容易理解的**才要加圖，否則為了美觀而將一幅心智圖畫得五彩繽紛，反而容易干擾記憶，失去使用心智圖法學習的目的。

心智圖法是一個**全腦思考**的學習法，一幅圖勝過千言萬語，因為圖像所能表達出來的意思遠遠多過文字。記憶英文單字時，如果能夠產生有效聯想，發揮左腦理解文字、數字，右腦運用顏色、圖像來加強感受、加深印象，那麼記憶就會深刻。

　　在本篇文章中，Fiona 對於不懂的單字加上圖像來表示，在選擇要用什麼圖像時，她首先要理解這個單字，然後要能表達，這樣一個思維歷程，不只是圖像意義的聯想，更是對於這個單字在文章脈絡中的意義有深度理解，如此一來，單字就容易記住了。

　　完成一整張心智圖之後，除了培養閱讀理解能力之外，可以看著這張心智圖朗誦一遍，建議可以找個人幫忙聽或是錄音自己聽聽看。在朗誦心智圖時，我們會建議要用心智圖法的簡報技巧，也就是要能夠先說出題目，然後依序說出有幾大重點（也就是每一個大光芒），接下來再依序將每一個光芒的內容詳細說出來。如此一來，聽的人即使沒有看到文章，也能夠清楚的在腦海中勾勒出文章的重點。讓聽者聽到我們所要表達的重點，是在做口頭報告時最重要的目的，用朗誦心智圖的方式來做練習，可以培養自己說話說重點的能力。

請掃 QR code 聽語音示範

寫出英文思維的作文

→ 運用心智圖法打草稿

把這張心智圖整理好之後，就要開始進行作文仿寫，也就是寫一篇結構和條件相同的文章。

寫作文不是一件容易的事，剛開始一定很難，而且無法有清楚的結構。這時候可以利用之前整理好的心智圖做為參考，以心智圖分析文章架構，就像一篇文章的骨架，每一個類別就是用來標示哪段文字該寫哪種內容，在寫的時候才能明確知道要往哪個方向寫。中心主題就填上新寫文章的標題，第一段寫介紹，第二段寫假設，第三段寫解釋，最後一段就是結論。

學 習 策 略 提 醒

在寫作前打好草稿，可以幫助我們的作文結構清楚，不會離題。心智圖法能夠將架構清楚呈現，加上水平式擴散性思維與垂直式推演或因果推論，在寫作時能有源源不斷的想法出現，同時因為所有的想法都圍繞著中心主題開展，所以即使有再多的想法，也不會偏離主題，而在腸枯思竭無以為繼時，可以就每一個關鍵字進行腦力激盪，針對該關鍵字做自由聯想，再從多個想法中選出適合主題邏輯性的繼續發展，如此一來，根本不用擔心沒有內容好寫了。

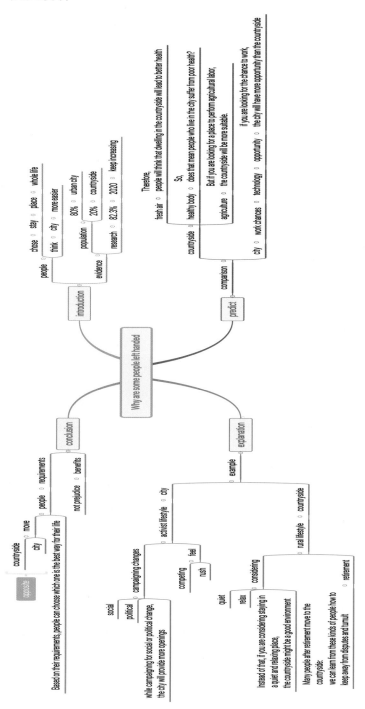

Why are some people left handed

introduction

people — think — chose — stay — place — whole life
city — more easier
evidence — population — 80% — urban city
20% — countryside
research — 82.3% — 2020 — keep increasing

predict

Therefore,
fresh air — people will think that dwelling in the countryside will lead to better health
countryside — healthy body — does that mean people who live in the city suffer from poor health?
agriculture — But if you are looking for a place to perform agricultural labor,
the countryside will be more suitable.
comparison
So,
if you are looking for the chance to work,
city — work chances — technology — opportunity — the city will have more opportunity than the countryside

conclusion

countryside — move
city
people — requirements
not prejudice — benefits

opposite

Based on their requirements, people can choose which one is the best way for their life

explanation

example

activist lifestyle — city
campaigning changes
competing — feel
rush
social
political

while campaigning for social or political change,
the city will provide more openings

rural lifestyle — countryside
considering
quiet — relax
retirement

Instead of that, if you are considering staying in
a quiet and relaxing place,
the countryside might be a good environment

Many people after retirement move to the
countryside:
we can learn from these kinds of people how to
keep away from disputes and tumult

大圖請掃 QR code

英文仿作的心智圖就是用之前心智圖整理出的結構來寫文章，我的新文章標題是〈為什麼有些人選擇住在鄉下而不是都市？〉（Why do people live in the countryside instead of the city?）。跟原文一樣，這也是一篇比較性的文章。

首先，我的段落就會分成四個：介紹、假設、解釋和結論。在寫出這張心智圖之後，再跟之前那張比較就會發現，其實大部分關鍵字都差不多，比方說在 explanation 這支跟之前一樣都有兩個型態，之前是左撇子產生的型態，現在這篇是人的生活型態。其次，配合住在鄉下還是都市。還有，可以發現一點：這兩篇文章裡面兩個主題的特徵，就是它們的理論都是相反的。清楚這些思路之後，再來寫完整文章，並要回頭看影片來模仿它的句子。英文有些句型要背下來才有用，因此我把一些不管是用到介系詞還是專有名詞的，都加在相關的關鍵字後面，用模仿的方式慢慢用到未來寫文章的技巧中。

以下就是我根據之前心智圖整理出的結構，填上新文章的題目和主要的關鍵字所完成的作文仿寫。

Why do people live in the countryside instead of the city?

The countryside and the city both have advantages, but there are still many people who choose to stay in one place for their whole life. As for the population of Canada, 80% of people live in urban settings, but still 20% of people prefer to live in the countryside. Research shows that 82.3% of people will living in a city by 2020, and the numbers will keep increasing in the future. Despite what many people think, living in the city will be easier compared to living in the countryside.

People who live in the countryside have their own reasons. For example, the countryside has more fresh air than the city. Therefore, people will think that dwelling in the countryside will lead to better health. So, does that mean people who live in the city suffer from poor health? Actually, the answer is both yes and no. Even though people in the countryside might have to endure some pollution, the difference between the two places is more than just a matter of fresh air to breathe.

Urban areas teem with technology, so if you are looking for the chance to work, the city will have more opportunity than the countryside. But if you are looking for a place to perform agricultural labor, the countryside will be more suitable.

Today, if you are considering a lifestyle with convenience and full resources, a type of "Activist Lifestyle" while campaigning for social or political change, the city will provide more openings. Taking advantage of the city, you can easily feel the mood of competition and the headlong rush of every day. Instead of that, if you are considering staying in a quiet and relaxing place, the countryside might be a good environment. Many people after retirement move to the countryside: we can learn from these kinds of people how to keep away from disputes and tumult. This "Rural Lifestyle" can be enjoyably experienced when farming. These two places can provide different types of environments for humans. Based on their requirements, people can choose which one is the best way for their life. Some of the people move from the city to the countryside or from the countryside to the city. If you can identify with people who move from the countryside to the city, you will find that it might feel very strange at the beginning because everything will seem to be moving very fast. Moving from slow to fast situations is more difficult than going from fast to slow ones. We may find out it depends on what you prefer for your lifestyle, so that both of these environments have their unique benefits.

　　一篇文章首重的是它的骨架，也就是**架構**，架構清楚，文章就能夠有條理。心智圖法二個重要的思考方式就是**放射性的樹狀結構，以及分類層次與因果的關係**。心智圖法是一個能夠將文章的架構清楚呈現的學習工具，對於剛學習寫作的學生來說，先在一個好文章的架構下，填入自己的想法，學習使用優美的句型來呈現，接著組織這些優美句子，如此一來，就可以順利模仿寫出一篇相當有結構的文章了。

Later is better

　　本單元的文章是一篇比較性的文章，可以先介紹**主題 later**，一般來說大部分人都做事都希望可以快一點，但是有些時候，其實**慢反而會比較好**，先說明慢在什麼時候反而會比較好？然後假設這些時候急著去做，會有什麼樣的結果？接著解釋為什麼這些時候慢反而比快來得好，最後做一個結論。這是一個**正反合**的論述練習。

哺乳動物繁衍的三種方式

The three different ways mammals give birth By Kate Slabosky

影片請掃 QRcode 或是使用短址：https://reurl.cc/v1lEry

　　在看到這個標題的時候，我聯想到所有哺乳類繁衍後代的方式有什麼不一樣？印象中動物的生殖方式包含了胎生、卵生和卵胎生，影片中也是會提到這三種嗎？每一種方式的代表性動物有那些呢？從題目跟我過去所知道的知識做了一些連結，讓我對於片內容開始有了一些期待呢！結合了我對題目的猜測和從影片的 Think 單元 所整理出來的讓我會特別注意的字有：**solid disc** 、 **feed** 、**oxygenate** 、 **offspring** 、 **pouch**、**Monotremes** 、 **lay eggs** 、 **platypus** 、 **placental mammals**

　　上述這些粗體字是我覺得之後聽影片的時候，可能會常常聽到或成為關鍵字的，所以我在聽的過程中就會專注去聽有沒有聽到相關的單字。我從這些粗體字可以透過聯想去猜影片主要在講什麼，比方說，看到 lay eggs（下蛋），我以前並不認為是哺乳類的主要繁衍方式，但竟然在這支影片出現了，因此我會聯想到下蛋也有可能是哺乳類繁衍後代的一種方式。

聽出關鍵字

➡ 聽力練習，抓到關鍵字 ....

第一次聽

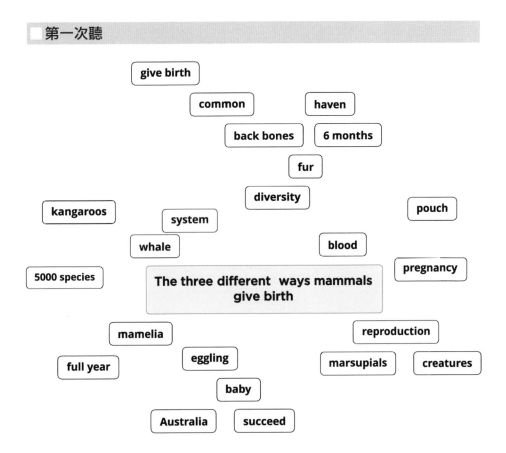

　　以上是我第一次聽到的單詞，聽到的有：reproduction（再生產）、
pregnancy（懷孕）、marsupials（有袋動物）、creatures（生物）、full year
（一整年）、succeed（成功）、baby（嬰兒）、eggling（下蛋）、Australia
（澳大利亞）、give birth（生育）mamelia、whale（鯨魚）、system（形
式）、common（普遍）、5000 species（5000 種類）、back bones（背骨）、
kangaroos（袋鼠）、diversity（多樣）、fur（毛）、6 months（六個月）、

blood（血液）、haven（隱藏處）、pouch（袋）。在聽完第一次之後，可以從幾個單字得知並不是每種生物繁衍後代的時間都一樣，有關聯的單字有 full year（一整年）、6 months（六個月），雖然不知道這兩個時間分別屬於哪兩種動物，但已經提供了時間的資訊了。

■ 第二次聽

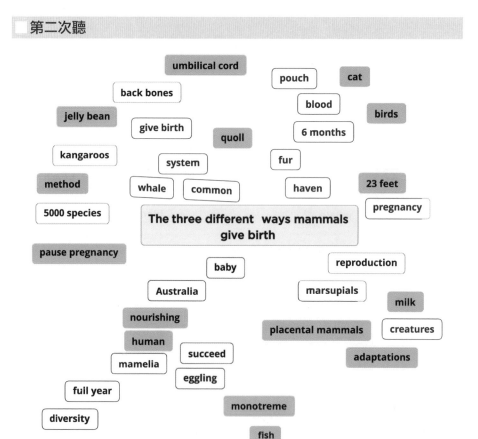

　　第二次聽到的單字有：jelly bean（軟糖）、pause pregnancy（暫停懷孕）、birds（鳥）、quoll（袋鼬）、monotreme（單孔類動物）、nourishing（養育）、fish（魚）、umbilical cord（臍帶）、23 feet（23 英尺）、placental mammals（胎盤哺乳動物）、human（人類）、milk（牛奶）、adaptations（適應）、

method（方法）、cat（貓）。聽過第二次之後，我發現自己聽到了很多第一遍聽到的單字中的一些細節，比方說，第一次聽到 whale（鯨魚），第二次就聽到有 23 feet（23 英尺）。有時候就算拼出了單詞卻還是不知道意思，比方說在這裡我拼出了 monotreme（單孔類動物），也知道中文的意思，但不知道到底是指什麼，所以我就上網查了資料，單孔類動物就是會產蛋的哺乳類動物，這種動物沒有分肛門、尿道或產道，全都是統一由泄殖腔排出。單孔類動物有鴨嘴獸、刺蝟、食蟻獸等等。

第三次聽

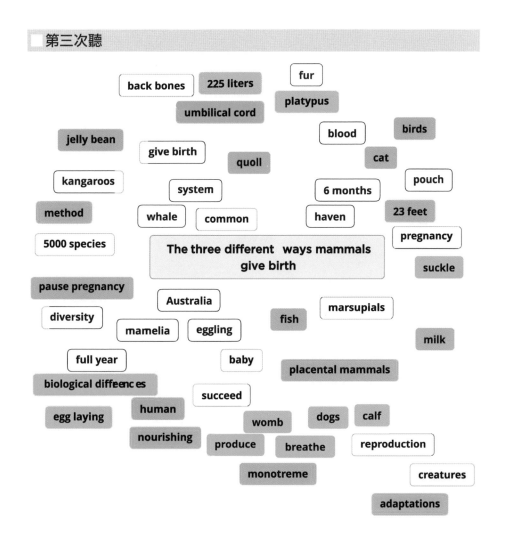

第三次聽到的單詞有：biological differences（生物差異）、egg laying（下蛋）、breathe（呼吸）、womb（子宮）、dogs（狗）、calf（小鯨魚）、225 liters（225 公升）、platypus（鴨嘴獸）、suckle（吸取）、produce（生產）。在第三次的單詞中，我有幾個單詞是憑著單字的音拼出來的，比方說 platypus 和 suckle，聽完影片後，我才用字典查這兩個單詞是什麼意思。在第三次，我聽到了 egg laying（下蛋），發現跟第一次聽到的 eggling 很相似，所以對照影片的文字發現 egg laying 就是 eggling。

➥ 進行關鍵字分組 ···

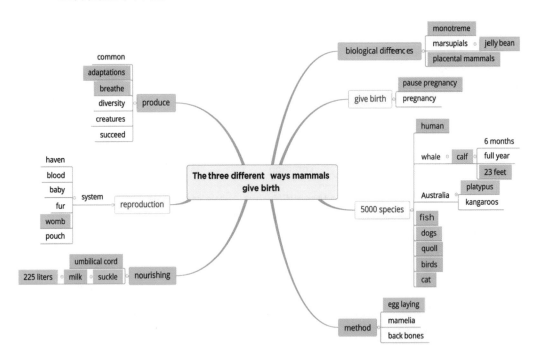

經過之前列出的關鍵字我選出了 7 個類別，分別是：biological differences（生物差異）、give birth（生育）、5000 species（5000 種類）、method（方法）、nourishing（養育）、reproduction（再生產）、produce（生產）。

這支影片的標題是〈哺乳類動物繁衍後代的方式有哪三種？〉，所以

最主要的三種方式 monotreme（單孔類動物）、placental mammals（胎盤哺乳動物），以及 marsupials（有袋動物）。

第一支是 biological differences（生物差異），我這樣分類的基本想法是，這三種繁衍方式一定有不同的地方，要找出不同可以從生物例子來判斷，比方說人繁衍後代要經過差不多 10 個月的時間，而鯨魚在繁衍後代則需要 12 個月的時候。

第二支是 give birth（生育），跟生育有關的我就是把懷孕放在後面，有些動物可以暫停孕期，但因為我不清楚是哪個動物，所以我先把跟懷孕有關的關鍵字放在生育的下位階。

第三支是 5000 species（5000 種類），就像字面的意思，世界上的哺乳類有 5000 多種，而排在這個概念下位階的關鍵字，就是這 5000 多種裡面的動物，比方說人、袋鼠、狗等等。

第四支是 method（方法），我的概念是動物繁衍的方式，比方說 egg laying（下蛋）。

第五支是 nourishing（養育），在繁衍後代的時候一定需要吸收養分，這支就是我歸類吸收養分的方式，這些生物有些會利用 umbilical cord（臍帶）或利用吸取母親的奶水 suckle（吸取）。

第六支是 reproduction（再生產），我在這支分類的概念主要是從這些動物繁衍的位置，比方說，人懷孕的時候，胎兒會在 womb（子宮）裡面生長，或者是袋鼠的繁衍過程都是在牠肚子上那個袋子 pouch（袋）裡面。

最後一支是 produce（生產），在歸類後面的單字時，我有點不知道怎麼分，因為這些單詞我覺得都不符合歸類在我之前決定的六個概念，所以我就找了一個大一點的概念把這些不知道歸類去哪的單詞框起來；但是這些單詞放在 produce 後面還是要符合邏輯，比方說，這些哺乳類動物 produce（生產）succeed（成功），或者是牠們 produce（生產）diversity（多樣性）的生物。

　　邏輯思考的方式之一為**歸納式分析法**，將具有相同元素的概念歸為一類，不具相同元素的歸到他類，在這裡必須要能夠很有辨別力的掌握每一個概念的特性，然後學習從不同的角度去分析每一個概念。這樣的思考方式不只是平面的瞭解相關性，更是養成不放過任何細微處的線索的福爾摩斯偵探思考習慣。

◆──── 找出文章的結構 ────◆

　　接下來我以三個概念來當作主要的三大類別，分別是：monotreme（單孔類動物）、marsupials（有袋動物）、placental mammals（胎盤哺乳動物）。這章的標題很直接，就是要瞭解哺乳類繁衍後代的三個方式，所以我決定直接拿三個方式當作主要的三個概念。

　　我在第一支 monotreme（單孔類動物）用了咖啡色，因為單孔類動物有鴨嘴獸、食蟻獸，這些動物都生活在泥土地，所以我覺得咖啡色最能代表牠們。我在第二支 marsupials（有袋動物）用了土黃色，因為聯想到有袋動物包含了袋鼠，而袋鼠就是土黃色的，所以我覺得土黃色最能代表這支光芒。最後一支 placental mammals（胎盤哺乳動物）用了紅色，因為胎盤讓我聯想到血液，所以我用了紅色來當作這支的光芒。

在決定好這三個概念以後，我回去看之前整理好的關鍵字，發現沒辦法把關鍵字分別列在這三個概念下面。舉個例子，之前在 5000 species（5000 種類）的下位階放入了我在這支影片中聽到的所有動物，但因為每種動物都有不同的繁衍方式，而我不可能複製這些關鍵字到每一個光芒底下，所以我直接整理了一張最完整的心智圖。

心智圖讓閱讀理解更容易

➡ 進一步藉由擺放關鍵字進行閱讀理解

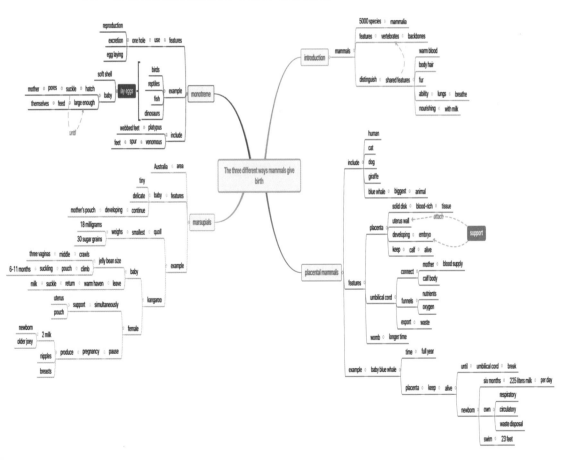

詳細讀完影片的文章之後，我覺得在心智圖中增加一支 introduction（介紹）的光芒會更適合那些在影片前面的內容。比方說，影片前面有提到哺乳類動物都是脊椎動物（vertebrate），或者有提到世界上存在的哺乳類大約有 5000 多個種類。我覺得這些內容比較適合放在介紹這個概念後面，而不是混進後面幾支光芒中。

　　接下來可以看到剩下的三支光芒中都有一些共同的概念，比方說：features（特徵）、examples（例子），因為在影片文章中這三個繁衍方式都有詳細的敘述和例子說明是利用哪一個方式。所以作者在敘述這三個方式的時候，是根據它們的共同概念，也就是特徵和例子。在每一個方式的特徵後面，我把作者在影片中敘述的內容加以簡化，並分類在後面。

　　在 placental mammals（胎盤哺乳動物）的特徵中包含了跟胎兒連接的三個名詞，也就是 placenta（胎盤）、umbilical cord（臍帶）和 womb（胎位）。

　　在 marsupials（有袋動物）的特徵後面，我寫出的是這種方式與別的方式最大的不同，也就是這些有袋動物的胎兒都很小，出生之後會在母親身上的袋子中繼續成長。

　　在 monotreme（單孔類動物）的特徵後面，我寫出了這個方式的作用，就是這些單孔類動物要經過的進食、排泄等等都是由一個孔釋出的。

　　這張心智圖中，我總共拉了 4 條連結線。第一條是從第一支的 shared features（共享特徵）拉到 vertebrate（脊椎動物），因為這些哺乳類動物之所以被討論是因為牠們最大的特點，就是牠們都是脊椎動物。第二條和第三條有共同的概念，是在第二支，因為 attach（貼上）uterus wall（子宮壁），所以胎盤才能 support（支撐）embryo（胚胎）。最後一條是在最後一支，當 monotreme（單孔類動物）的胎兒從蛋破殼而出之後，牠們會透過吸取母親的母乳，直到夠大到能照顧自己，所以我從 suckle（吸吮）拉到 large enough（夠大），在連結線中間加了一個 until（直到）。

本章影片問題的答案分別是：

第一題 的答案是 **B. placenta**

這題答案可以在心智圖的第二支光芒 placental mammals 的 features 後面的 placenta 找到。

第二題的答案是 **A. placental mammals**

答案可以根據在每一種哺乳類動物後面所舉的例子中找到，像是這題就可以在第二支 placental mammals 的例子找到。

第三題答案是 3. **B. jelly bean**

答案可以在第三支光芒 marsupials 的 kangaroo 例子裡可以找到。

第四題答案是 **B. one hole**

這個答案可以在心智圖中的最後一支光芒 monotreme 的 features 後面看到。

第五題答案是 **D. Echidnas**

這題的答案因為是例外的動物，所以我在做答時，會看這些動物的特徵是符合哪一種哺乳類動物。

以上這些答案都包含在最後整理出來的心智圖中，比方說第一題有一個固體圓盤，拿來餵食和提供氧氣給胚胎，比方說人、鯨魚、狗或貓，被稱為什麼？這點可以在第二支 features（特徵）中的第一項內容找到，答案就是 placenta（胎盤）。

　　影片中的第八題問答題是要區別出 placental mammal 和 monotreme 二種不同生殖方式的一般常見動物以及牠們的不同點。由於我們已經將文章內容用心智圖整理出來，所以可以直接在 placental mammals 和 monotreme 二支光芒中找到所要的答案，包括特徵的差異比較、動物的舉例等。

　　記得在完成心智圖之後，一定要利用心智圖法口頭報告方式，練習口說一遍，來提升自己口語表達能力，以及掌握重點、簡潔扼要的簡報方式。

請掃 QR code 聽語音示範

➡ 確認資料正確性，並修正聽力

　　同樣的，我再看了一遍影片，並跟著影片文字確認，以便把拼錯或不懂的單字找出來。但這次重看，我發現自己並沒有錯誤的單字，這真是太棒了！至於不懂的單字，就用接下來的心智圖筆記學習。

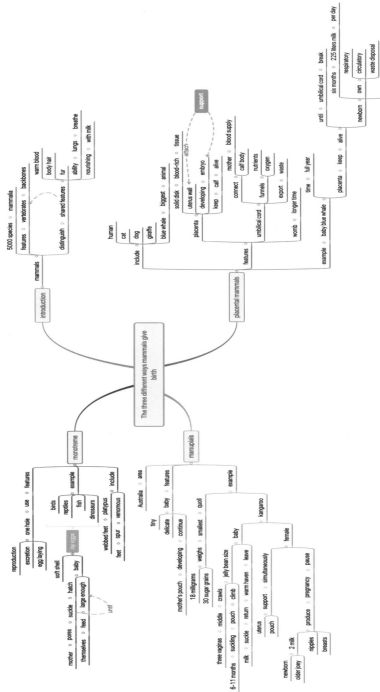

左右腦並用的心智圖筆記

接下來，我從心智圖的關鍵字中找出不會的單字，列出來後加上插圖，不會的字包含 placental mammals、marsupials、monotreme、mammalia、vertebrate、placenta、uterus wall、umbilical cord、embryo、quoll、three vaginas、excretion、platypus 和 spur。

placental mammals
胎盤哺乳動物

marsupials 有袋動物

monotreme 單孔類動物

mammalia 哺乳類動物

vertebrate 脊椎動物

placenta 胎盤
uterus wall 子宮壁
umbilical cord 臍帶
mbryo 胚胎

quoll 袋鼬鼠

three vaginas 三個陰道

excretion 排泄

platypus 鴨嘴獸

spur 骨刺

中心主題

畫完這些插圖之後，我就把圖片加入心智圖中，完成下頁這張圖。

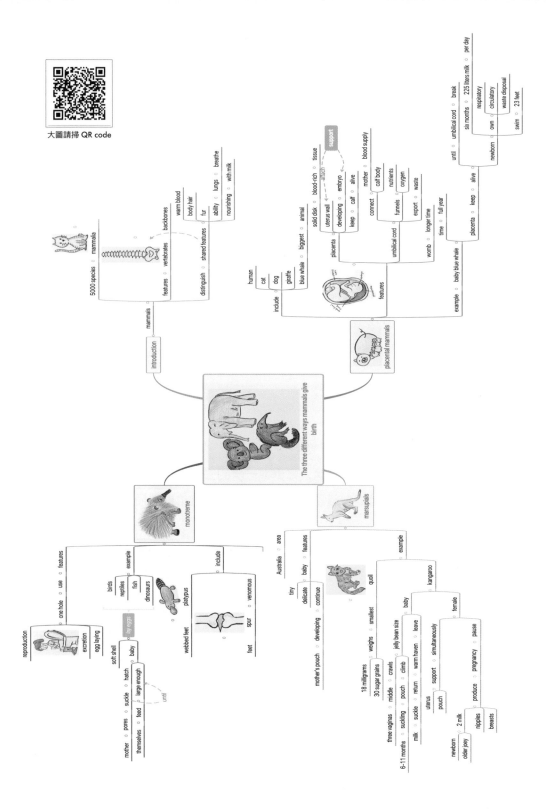

在畫心智圖中的第二支 placental mammals（胎盤哺乳動物），features（特徵）的下位階都是跟胎兒在母親肚子中成長的過程有關係的名詞，比方說 placenta（胎盤）、uterus wall（子宮壁）、umbilical cord（臍帶）、embryo（胚胎）。我覺得與其畫四張一樣的圖，不如畫出一張大張的圖並且標示清楚哪裡是哪個部位。就像我在下面這張心智圖表示的方式，我把這張圖加在這三個名詞的前一個位階，這樣就不用看四個一樣的圖而且不清不楚。

我在 placental mammals（胎盤哺乳動物）這個單字用了一隻豬在哺乳，因為我不知道要怎麼詳細畫出胎盤哺乳動物，所以直接畫出胎盤哺乳動物的一種動物，在這裡畫的是豬。

在中心主題中我畫了三隻不同的哺乳類動物，這三種動物分別就是影片提到的三種繁衍方式。

學 習 策 略 提 醒

在繪製圖片時，Fiona 不瞭解骨刺是什麼？就算從資料庫裡面翻找，她也不是非常瞭解，這時候就只好更進一步的去認識骨刺是怎麼來的？瞭解骨刺是因為脊椎骨姿勢錯誤，壓迫到骨頭之間的椎間盤而形成之後，就很容易畫出來了。

關於袋鼠的三個陰道我倒是沒有聽過，經由她的解釋，才瞭解原來袋鼠是可以自行讓不同的袋鼠寶寶有不同的孕期發展。在這過程之中，我感受到心智圖法全腦式的學習，讓 Fiona 不僅可以掌握文章內容，也能夠主動去瞭解一些額外的資訊，這就像是平時上課時，老師有時會提供一些補充資料，不過在這裡卻是學生主動去發掘補充資料。

寫出英文思維的作文

➡ 運用心智圖法打草稿

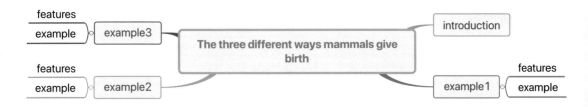

features
example
example3

features
example
example2

The three different ways mammals give birth

introduction

example1
features
example

在完成關鍵字整理的心智圖後，就要準備進行作文仿寫。這章的標題概念是一個東西的三個面向，比方說今天影片的標題：繁衍後代的三個方式，所以我選擇了一個同樣可以敘述為三個方面的標題：What are the advantages of three period we live every day?（我們一天經歷的三個時刻有什麼優點？）之前提過，影片中舉出的三種方式都有相同的概念，也就是 features（特徵）和 example（例子），所以在作文仿寫中，我的概念就是寫出三個景象的特徵和例子。

整理出作文仿寫的結構之後，就可以根據這些脈絡寫文章。

大圖請掃 QR code

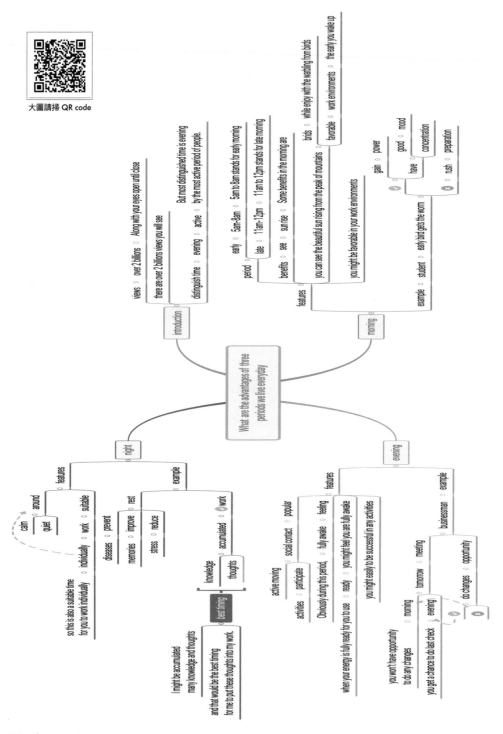

以上是我從仿寫章整理出的文章筆記，也加上了一些有用到特別文字的句子，比方說，在這篇文章裡我有加上短語，early bird gets the worm（早起的鳥兒有蟲吃），加在心智圖的第二支光芒中。這樣在寫完心智圖後就會記得這個技巧，以後在寫文章的時候也能用上。

下面就是我利用這張心智圖的結構寫出的作文仿寫。

What are the advantages of three periods we live every day？

How many views we look every day? Actually, there are more than you might think. Along with your eyes open until close there are over 2 billions views you will see. Each of the view appears in different occasion, for example, there are main three occasions: morning, evening, and night. But most distinguished time is evening by the most active period of people.

Let's start with the beginning of a day-Morning. Morning starts in 5am to 12pm, 5am to 8am stands for early morning, 11am to 12pm stands for late morning. Some benefits in the morning are you can see the beautiful sun rising from the peak of mountains, while enjoy with the warbling from birds. In addition, you can find out there are some people wake up early and work on some exercise, that's because the early you wake up you might be favorable in your work environments, for example being a student you can gain more power when you wake up early in the morning, and you don't have to rush during the preparation before go to school, therefore, you will have a good mood to work and concentrate in your study. There is a phase call: Early birds gets the worm. Which means as early you wake up you get more advantages.

Following by the next period-Evening, this is the period most people discuss about, because in this period is when people are all actively moving and participate in different activities, which you can work on some social contact. Obviously during this period, you might feel you are fully awake, when your energy is fully ready for you to use, you might easily to be successful in any activities. For example, if you are a businessman, and you have a meeting tomorrow, if the meeting is in the morning you will have to be prepare before the day, because you won't have opportunity to do any changes. But if today your meeting is in the evening, you get a chance to do last check before you enter the meeting.

Finally, at the end of the day-Night. Every night is a period when you rest, rest is a big part of our life. Good quality of rest can prevent you from diseases, improve your memories, or even reduce some stress. In the period, all around you are starting to calm and quiet down, so this is also a suitable time for you to work individually. In my opinion, night is the best period for me to work, because after I experienced a day, I might be accumulated many knowledge and thoughts, and that would be the best timing for me to put these thoughts into my work.

Whether morning, evening, or night, each of these occasions are part of our day, they all own different unique advantages for an individual person. Now you can start to think about which period is more would you most prefer to work.

經過一系列的整理，寫文章時的思路會更清晰，也可以根據不同的結構寫出不一樣的內容，順便運用不同的技巧。

學 習 策 略 提 醒

作文一定要能夠常常練習，才能夠行雲流水、一氣呵成。從學習優美文章架構開始，然後去思考可以找什麼樣不同的題目來仿作練習，這就不只是練習寫作，而是發揮自己的創意，從自己過去所學當中，找到類似於文章的邏輯素材，然後依著新的學習框架結構把它呈現出來，像這樣結合

舊經驗和新經驗的思考學習方式，可以有效的在舊經驗的基礎之上，添加進新的學習內容，如果有發現對舊經驗有衝擊性的改變，也可以繼續探討差異之處，形成更為清晰的理解，這就是認知發展心理學家皮亞傑所說的**同化和調適**。

Three of my favorite places in Taiwan

　　本單元練習在一開始有一個**概述**，接著分別舉出**三個例子**來詳細說明。試著向外國朋友介紹三個自己最喜歡台灣的地點，並且說明這三個地點有些什麼**特色**，並且在每個地點舉出一個例子**詳細描述**。

_____

_____

_____

_____

_____

_____

_____

_____

_____

_____

_____

_____

_____

_____

亂流：物理學的未解之謎
Turbulence: one of the great unsolved mysteries of physics
By Tomás Chor

影片請掃 QRcode 或是使用短址　https://reurl.cc/R1pR4r

　　這個題目讓我眼睛一亮，這幾年因為跟媽媽旅居國外，每年總是有幾次要搭長程飛機往返台灣與加拿大，在長達 10 多個小時的飛行中，我最不喜歡的就是遇到亂流，它很難預測，有時候一整趟飛行下來都不會遇到，有時候會遇到幾次，程度也有大有小，每次遇到時，飛機上的乘客看起來都非常擔心。嗯！這支影片也許可以幫助我瞭解一下亂流怎麼形成？或是亂流會對人體有什麼影響？可以有效避開亂流嗎？影片提供的問題（Think）裡讓我特別注意到的有：**Reynolds**、**motion**、**liquids**、**gases**、**energy cascade**、**laminar flow**、**turbulent**、**turbulence**、**industries**、**prone**、**less prone**。以上這些粗體字是我根據影片問題選出的關鍵字，透過這些關鍵字，我可以稍微猜測瞭解亂流的概念。看到 Reynolds（雷諾茲），可以想見這應該是一個人的名字，然後我可以經過這個名詞聯想到可能是這個人創立亂流的學說，或是這個人發現了亂流，然後訴諸世界。

聽出關鍵字

➥ 聽力練習，抓到關鍵字 ⋯⋯⋯⋯⋯⋯⋯⋯⋯⋯⋯⋯⋯⋯⋯⋯⋯⋯⋯⋯⋯

□ 第一次聽

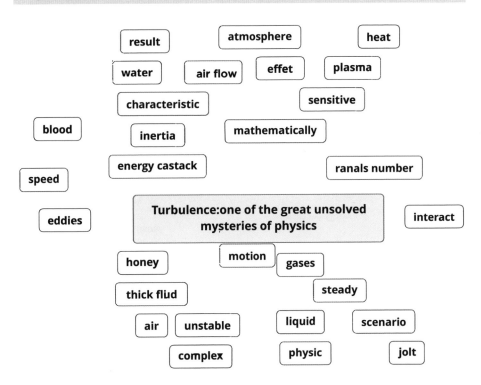

　　在第一次聽到的單詞中包含了：mathematically（數學）、sensitive（敏感）、ranals number plasma（血漿）、heat（熱）、scenario（方案）、steady（穩定）、eddies（渦流）、speed（速度）、physic（物理）、liquid（液體）、gases（氣體）、motion（移動）、interact（互相影響）、complex（複雜）、result（結果）、unstable（不穩定）、air（空氣）、thick fluid（濃稠的液體）、honey（蜂蜜）、characteristic（特色）、inertia（遲鈍）、energy（能量）、castack blood（血液）、flow（流）、jolt（顛簸）、water（水）、effect（影響）、

atmosphere（大氣層）。

第一次聽到的單字中很多是名詞，比方 mathematically（數學）、plasma（血漿），看到這兩個單詞，我聯想到：亂流可能是透過研究學者用數學的角度來敘述這個學說，或者聯想到：亂流對人體的器官會造成影響，plasma（血漿）因為是液體，所以可以從人體裡面的血漿來觀察亂流產生的影響。

■ 第二次聽

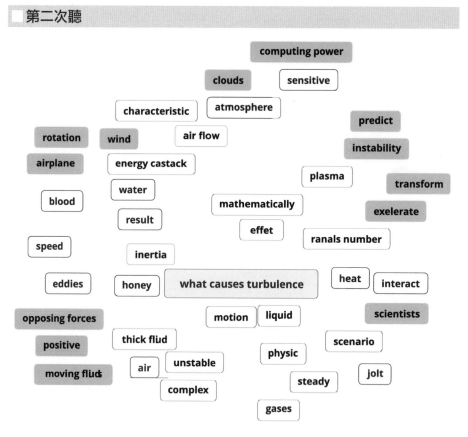

第二次聽到的單詞有：predict（預測）、exelerate transform（轉換）、computing power（計算能力）、opposing forces（反對力量）、scientists（科學家）、airplane（飛機）、wind（風）、positive（正面）、moving fluids（流

動液體）、instability（不穩定）、rotation（輪流）、clouds（雲）。

　　第二次聽到的單字中有很多是科學名詞，比方說 computing power（計算能力）、opposing forces（反對力量）。我想到這些可能是從亂流延伸出來的專有名詞。

第三次聽

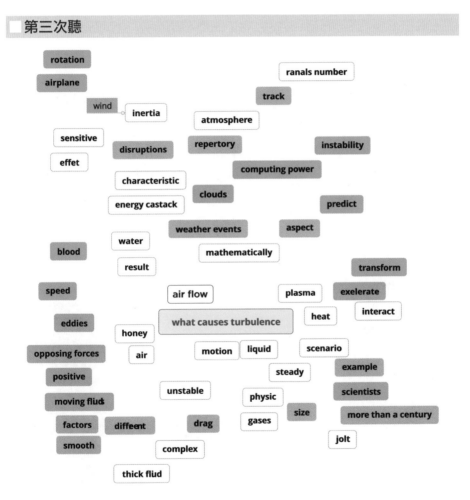

　　我在第三次聽到的單詞有：weather events（天氣事件）、example（例子）、more than a century（超過一個世紀）、factors（因素）、drag（拖）、smooth（流暢）、size（尺寸）、aspect（方面）、disruptions（分裂）、

repertory（倉庫）、track（管道）、different（不同）。

　　因為之前整理關鍵字的經驗，我知道如果沒有寫出一些可以拿來當成大概念分類的關鍵字，後面進行分類的時候會容易出錯。所以我在第三次聽的時候就有注意特別聽到一些比較大概念的字，比方 example（例子）、different（不同）這兩個字，就是我在後面會拿來當成光芒的關鍵字。但注意不能因為要有大概念的單詞而特別去寫，一定要是影片裡有的單詞才能寫。

➡ 進行關鍵字分組

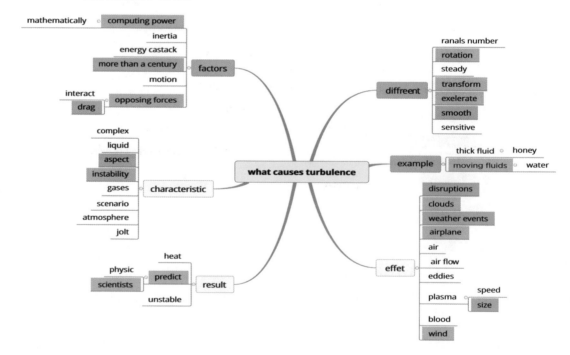

我在之前的關鍵字中找出了六個可以當作類別名稱的單字，分別是：different（不同）、example（例子）、effect（影響）、result（結果）、characteristic（特徵）、factors（因素）。

　　分類時，我的方法是直接判斷單字在這篇文章的特質是依什麼來分類，比方說在 characteristic（特徵）這支後面的單字，基本上都是直接照字面的意思來分類，像是 complex（複雜）或是 jolt（顛簸）。

　　分類完之後，我會問自己「亂流」的特徵是什麼？然後就可以知道特徵包含了 complex（複雜）和 jolt（顛簸）。我在這邊分類的時候有出現一些有下位階的，比方說在 example 這支的第一階層分別是 thick fluid（濃稠的液體）跟 moving fluid（流動的液體），這兩個分別是能觀察出亂流的方式，所以我在這兩種方式後面分別寫上了比較普遍、也是影片提到的兩個例子：honey（蜂蜜）和 water（水）。

　　在 effect 這支的 plasma（血漿）後面看到 speed（速度）和 size（尺寸），因為在分類的時候，我都是憑著之前看影片的印象回憶，所以在這邊我記得的是亂流可以影響血液，但影響什麼呢？就是後面出現的量和速度。

學 習 策 略 提 醒

　　上述過程可以算是一種**放聲思考法**，藉由將自己的想法說出來（呈現出來），幫助自己進行更具體化的思考。

找出文章的結構

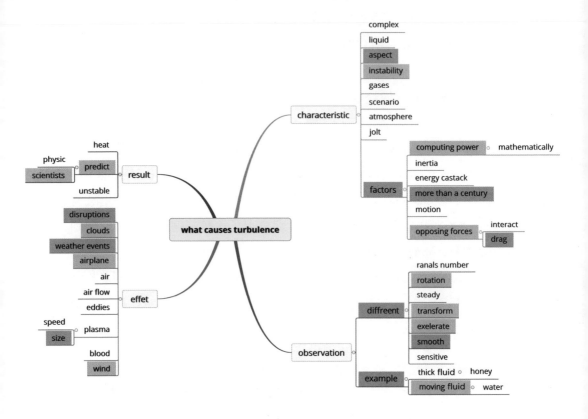

　　從之前的關鍵字中分出了六個可以當作類別名的單字：different（不同）、example（例子）、effect（影響）、result（結果）、characteristic（特徵）、factors（因素）。接下來我繼續思考這六個關鍵字是否還存在相似的邏輯，以便在文章寫作時，歸納成同一個段落。

　　我認為從原文的敘述中，在 factors（因素）這個分支概念內所談到的內容都是在說明亂流的特性，像是 complex、liquid、jolt 等，而若是要預測亂流，需要有運算能力（computing powe）、亂流的發生與兩股相反的交互作用力量（opposing forces）有關、亂流中的渦流會因為交互作用而轉變成熱能，稱為 energy cascade（能量串跌），所以我將 factors 的內容歸

納到 characteristic 這支主幹之下，different 和 example 都是觀察到的現象，所以我將二支合併為 observation（觀察）一支。

經過之前整理出的類別以後我決定用四個大概念。

第一支 characteristic（特徵），也就是亂流的特徵。

第二支 observation（觀察），因為在這個文章中有很多有關研究學者的說法，或是經過人們在發生亂流的時候觀察到的現象。

第三支 effect（影響），我的想法是亂流對人體造成的影響，或是亂流對飛航的影響，包括了天氣、氣流等等。

最後一支是 result（結論），在這支裡面我會針對文章的結論做總結。

在顏色部分，這四支光芒中我分別用了橘色、藍色、紅色和紫色。

characteristic（特徵）用了橘色，因為思考顏色的時候，我覺得橘色特別能帶給我一種螢光筆的感覺，正好符合特徵的意義。

我選用藍色在 observation（觀察），是因為我覺得這支會有很多關鍵字是在陳述一些細節，而藍色給人一種不帶情緒的感覺，在陳述些事情的時候也應該要不帶情緒。

我用了紅色在 effect（影響），因為我覺得紅色給人一種警示的感覺，在整理之前的內容時有提到，這支後面會有一些內容是關於亂流對人體或是飛航安全的影響，所以我覺得對安全有影響應該要能提高警覺。

最後我在 result（結論）用了紫色，因為紫色給我一種結局的感覺，加上紅色混上藍色是紫色，所以紫色是一個綜合後的結果，我決定把紫色用在這支光芒中。

心智圖讓閱讀理解更容易

➡ 進一步藉由擺放關鍵字進行閱讀理解 ⋯⋯⋯⋯⋯⋯⋯⋯⋯⋯⋯⋯⋯⋯⋯⋯

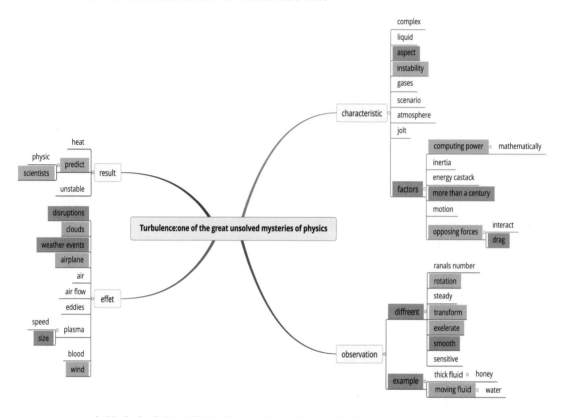

　　在找出文章的結構之後，我把之前分好類的關鍵字放在這些概念後面。之前寫關鍵字的時候，我就已經寫了很多可以拿來當成大概念的關鍵字，比方 characteristic（特徵）、effect（影響）等等，這些可以直接提出來放在主幹位置，成為上位階概念，然後把前一步驟 factors、different 和 example 三個概念的內容放在調整過的 characteristic 和 observation 主幹之下。由於文章主題是關於亂流的介紹與形成，就可以更有脈絡地對之前所聽到的關鍵字產生連結，等我要把關鍵字放入大概念後面的時候，相對會比較容易。

　　接著，我重看了一遍影片，並跟著影片文字確認，以便把拼錯或不懂的單字找出來。但這次重看，我發現自己並沒有拼錯的單字，真令我開心。至於不懂的單字，就用接下來的心智圖筆記學習。

文章完整心智圖

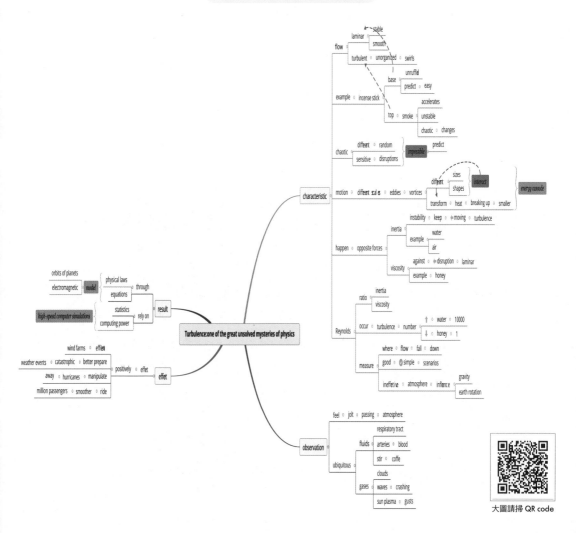

大圖請掃 QR code

在完成所有的關鍵字分類之後，我就會對照影片的文章，寫一張完整的心智圖。最後在這支影片中我分出了三個光芒，分別是 observations（觀察）、effect（影響）、characteristic（特徵）。

我把 result（結論）去掉了，因為我發現文章後面提供的資訊不夠多寫成一支光芒，反而可以寫在其他的類別裡，比方說文章中寫出亂流有兩種特徵，分別是 laminar（流動的）和 turbulent（不穩定的），在影片最後有提到這兩種特徵分別製造了不一樣性質的流動，所以我就直接拉連結線。但我另外加了 predict(預測) 這一支，因為文章最後提到希望可以創造出一個理論來做對亂流出現的預測，因此我將這個部分獨立出來，成為本篇文章的最後一段。

在這張心智圖中，為了增加對於生字的理解與記憶，我仍會為之前不會的字加上插圖。不會的單詞分別有：jolt（顛簸）、ubiquitous（普遍）、gusts（陣風）、catastrophic（災難性）、viscosity（黏性）、manipulate（操縱）、incense stick（香柱）、turbulent（動蕩不安）、swirls（漩渦）、laminar（層流）。

從這張完整的心智圖中來回答影片的問答題 What do you think are some things that make turbulence less prone to happen?（可以如何減少亂流發生？）從心智圖中可以理解，laminar（層流）是比較穩定具黏性的，但 turbulent（亂流）則是因為比較不黏稠的物質受到慣性的影響所形成，所以若希望能夠減少亂流，則需要讓相反的二種力量，黏性大於慣性，只不過這在自然環境中不容易做到，因為亂流相當混亂，而且還容易被擾亂，所以其實是很難預測的，也就很難控制亂流發生。

上述這樣的回答是從心智圖裡不同的分支所統整出來的，經由只擷取關鍵重點的心智圖，就可以一目瞭然地選擇題目所要的內容來回答。

本章影片問題答案分別是：

第一題答案是 **A. inertia, viscosity**

答案可以在 Characteristic 這支光芒後面的最後一部分 Reynolds 裡面找到。

第二題答案是 **A. Laminar and turbulent**

答案一樣可以在 Characteristic 這支光芒後面的第一部分 flow 後面找到，我把 laminar and turbulent 分成兩類。

第三題答案是 **C. The transfer of energy from large to small eddies in the flow.**

答案在 Characteristic 這支光芒的 motion 後面。

第四題答案是 **B. Honey being poured into a cup; air inside your lungs.**

答案可以在 Characteristic 這支光芒後面解釋 opposite forces（相反力）的地方找到，影片中用蜂蜜倒入杯中來比喻，心智圖中的 honey 就可以回答此問題。

第五題答案是 **D. It is always chaotic.**

答案可以在 Characteristic 這支光芒後面的 example 中找到，影片利用香柱來模擬亂流的情形，其中有一個特徵就是 chaotic（混亂的）。

左右腦並用的心智圖筆記

在這張心智圖中，包括中心主題，我總共加了十一張圖。

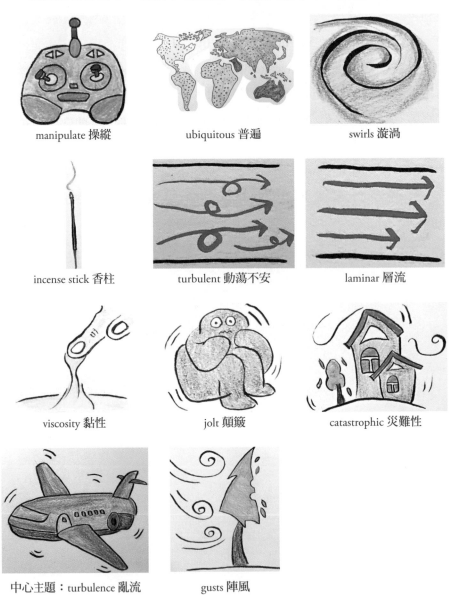

manipulate 操縱

ubiquitous 普遍

swirls 漩渦

incense stick 香柱

turbulent 動盪不安

laminar 層流

viscosity 黏性

jolt 顛簸

catastrophic 災難性

中心主題：turbulence 亂流

gusts 陣風

以上這些圖就是這支影片我不會的單字，有些單字我是直接照著單字本身的意思聯想的，比方 jolt（顛簸），我直接畫了一個人在顫抖。有些單字沒辦法以字面上的意思畫出來，比方 ubiquitous（普遍），剛開始我想了很多方式來呈現，像是畫很多人有著一樣的東西或特徵，但因為圖片太複雜不好記憶且容易眼花撩亂，最後就聯想到了 common（普遍）這個單詞，因為我之前背過很多文章，關於人口都會用到 common 這個字，所以我就畫了一個世界地圖加上很多紅點點，想表示一個東西在世界很多地方都有，也正好符合 ubiquitous（普遍）的意思。還有，就是在 characteristic（特徵）這支後面的 flow，亂流有兩種方式，分別是 turbulent（動蕩不安）和 laminar（層流），我把兩個畫得很相似，因為它們是在同一個概念下，所以我在圖的呈現上就是同一個氣流，但一個是亂的氣流（turbulent），一個是穩定的氣流（laminar）。

　　至於中心主題，我直接畫出了這支影片的主題，也就是亂流。因為中心主題最好簡單明瞭，目的就是可以不用讀文字，僅透過圖片就能知道題目是什麼。

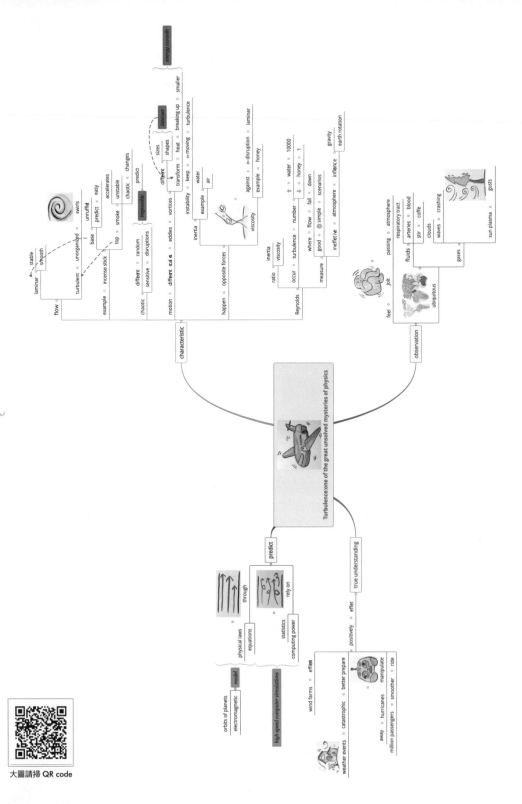

大圖請掃 QR code

這張心智圖是之前那張修正過的心智圖加上了插圖。完成之後，我可以很明顯感覺整張心智圖能夠充分凸顯出我應該要特別注意的部分，特別是插圖所代表的生字，因為一幅圖勝過千言萬語，文字比較無法傳達情緒的部分，但圖可以，而記憶若能夠加上情緒的感受，印象就能夠相對深刻。

學 習 策 略 提 醒

　　圖像有助於理解和記憶，不過並不是所有的字詞都可以立刻想出代表性的圖。有些文字其實是抽象、動態的，無法有一個具體的圖像直接表示，我們稱這樣的圖是虛像圖。這時候我們就要去思考可以用什麼樣的其他語詞去替代虛像語詞，像是這一篇文章中的 jolt（顛簸）、ubiquitous（普遍）、catastrophic（災難性）都是屬於不容易直接找到圖像表示的詞，這時候就可以做創意聯想，從自己對該語詞的理解，找出可以代表出意義的圖像。就像 manipulate（操縱），其實是一個動作，如何用圖像來表示？因為玩電子遊戲時，會需要用到操縱桿來控制遊戲的進行，所以就以遊戲的操縱面板來代表操縱這個詞。

　　有時候要將虛像字用實體畫出來並不是那麼容易，所以平常可以多多練習，或是實在一時無法想出來代表圖，也可以搜尋網上的圖庫做為參考，在轉換不同的相似語詞去尋找適合的圖像過程中，其實也是在對這個虛像字進行更深入的理解。

　　在完成整篇文章的心智圖之後，仍然以心智圖簡報方式描述文章的重點，並且在有插圖的地方，更詳細的說明一下這個關鍵字在這裡所代表的意義。

請掃 QR code 聽語音示範

寫出英文思維的作文

➥ 運用心智圖法打草稿

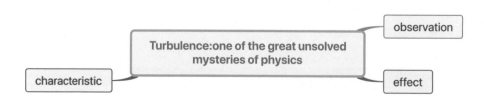

前面整理的文章筆記中，我覺得最主要的結構就是這三支光芒：observation（觀察）、effect（影響）、characteristic（特徵）。我把 effect 後面的 positively（正面的）留下來，因為我覺得一個東西如果對事物會造成影響，那麼一定有正面和負面。在這篇文章中，有提到亂流可以對會帶來災難的天災提早做準備，但因為影片沒怎麼提到負面影響，所以我就沒有在心智圖寫出 negatively（負面的）。

➥ 英文仿作

整理好仿寫文章的結構之後，就可以照著之前的概念來寫，並模仿影片中的句型。我今天仿寫的題目是 What causes earthquakes?（造成地震發生的原因是什麼？）因為影片的主題是什麼造成了亂流，所以我選了一個類似的題目。在寫文章的時候我也是照著心智圖中的光芒順序來寫，分別是 observations（觀察）、effect（影響）和 characteristic（特徵）。

完成文章之後，我把內容寫成一張像右頁的心智圖，再把一些特別的句型加在後面。比方說，在陳述一些事情的時候會用 Firstly（首先）、secondly（其次）等等，所以在 characteristic（特徵）這支的 chaotic（混亂）後面的句子中看到 Secondly 這個句子。

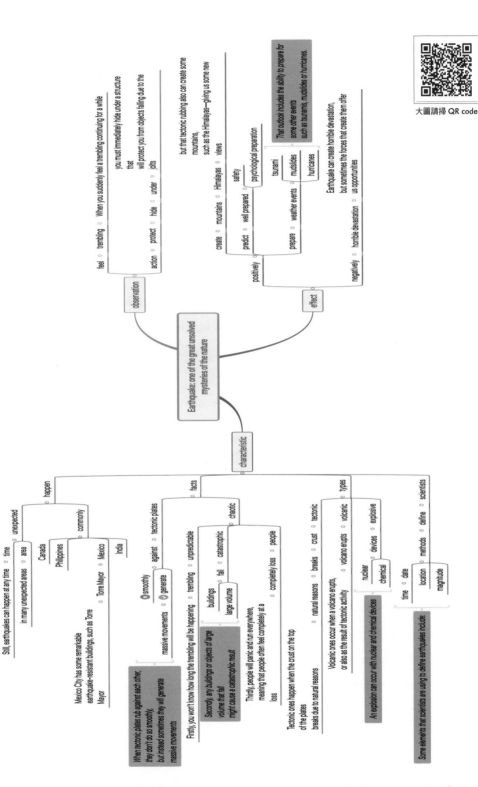

Earthquake: one of the great unsolved mysteries of the nature

observation

feel ○ trembling ○ When you suddenly feel a trembling continuing for a while

action ○ protect ○ hide ○ under ○ jolts

you must immediately hide under a structure
that
will protect you from objects falling due to the

but that tectonic rubbing also can create some
mountains,
such as the Himalayas—giving us some new
views

effect

positively ○

create ○ mountains ○ Himalayas

predict ○ well prepared

safety

psychological preparation

prepare ○ weather events

tsunami

mudslides

hurricanes

That outlook includes the ability to prepare for
some other events
such as tsunamis, mudslides or hurricanes.

negatively ○ horrible devastation

Earthquake can create horrible devastation,
but sometimes the forces that create them offer
us opportunities

characteristic

facts

happen

unexpected ○ time

in many unexpected areas

area

Canada
Philippines

commonly

Mexico

India

Still, earthquakes can happen at any time

Mexico City has some remarkable
earthquake-resistant buildings, such as Torre
Mayor

○ Torre Mayor

tectonic plates

against ○ tectonic plates

✗ smoothly

● generate

massive movements

trembling ○ unpredictable

buildings ○ fall ○ catastrophic

large volume

chaotic

○ completely loss ○ people

Firstly, you won't know how long the trembling will be happening

When tectonic plates rub against each other,
they don't do so smoothly,
but instead sometimes they will generate
massive movements

Secondly, any buildings or objects of large
volume that fall
might cause a catastrophic result

Thirdly, people will panic and run everywhere,
meaning that people often feel completely at a
loss

types

natural reasons ○ breaks ○ crust ○ tectonic

volcano erupts ○ volcanic

nuclear
chemical

devices ○ explosive

Tectonic ones happen when the crust on the top
of the plates
breaks due to natural reasons

Volcanic ones occur when a volcano erupts,
or also as the result of tectonic activity

An explosion can occur with nuclear and chemical devices

scientists

time ○ date

location ○ methods ○ define

magnitude

Some elements that scientists are using to define earthquakes include

What causes earthquakes?

When you suddenly feel a trembling continuing for a while, you must immediately hide under a structure that will protect you from objects falling due to the jolts. Although hiding may not help you to feel comfortable, you should be ready for a phenomenon that scientists are helping us anticipate with sophisticated sensor systems. Even a minute's warning can save lives because it can give us time to escape dangerous situations and seek shelter.

Still, earthquakes can happen at any time, in many unexpected areas, even if certain environments such as Canada's west coast are particularly vulnerable to megathrust ones. When tectonic plates rub against each other, they don't do so smoothly, but instead sometimes they will generate massive movements. Some of the places that commonly have earthquakes are the Philippines, Mexico, or even India. Mexico City has some remarkable earthquake-resistant buildings, such as Torre Mayor.

Here is what we know about earthquakes: there are three main types: tectonic, volcanic, and explosive. Tectonic ones happen when the crust on the top of the plates breaks due to natural reasons, and causes an earthquake. Volcanic ones occur when a volcano erupts, or also as the result of tectonic activity. An explosion can occur with nuclear and chemical devices. Earthquakes are unpredictable, and often happen without warning. When an earthquake is in action, it is always chaotic. Firstly, you won't know how long the trembling will be happening. Secondly, any buildings or objects of large volume that fall might cause a catastrophic result. Thirdly, people will panic and run everywhere, meaning that people often feel completely at a loss.

Today, scientists are still working on predicting earthquakes, but it is not likely that they can be anticipated well in advance, despite some success in short term prediction. Some elements that scientists are using to define earthquakes include: 1） the date and time, 2） the location, 3） the magnitude. Using these elements, scientists can make observations that give them hope of being able to get better prediction times for earthquakes.

Earthquake can create horrible devastation, but sometimes the forces that create them offer us opportunities. Earthquakes happen from the friction of tectonic plates against each other, but that tectonic rubbing also can create some mountains, such as the Himalayas—giving us some new views. Hopefully, we will be able to predict earthquakes in the future, because to be well prepared makes for safety and has as a benefit more psychological preparation, instead of people being like ants running everywhere. That outlook includes the ability to prepare for some other events such as tsunamis, mudslides or hurricanes.

以上就是我用這支影片結構仿寫出的文章。

Why is it raining?

　　本篇文章三個主要結構是：**觀察到的現象**、這個現象對我們有些什麼**影響**？這個現象有哪些**特性**？請以下雨為題，以此結構為文。

_____

_____

_____

_____

_____

_____

_____

_____

_____

_____

_____

_____

_____

_____

_____

_____

水晶是如何形成的？

How do crystals work? By Graham Baird

影片請掃 QRcode 或是使用短址：https://reurl.cc/WLl9W7

　　我喜歡戴亮晶晶的裝飾品，小時候以為這些東西都叫鑽石，長大才知道有可能是水晶。到底水晶和鑽石有什麼差別呢？看到影片標題，我聯想到現在看到閃亮亮的水晶到底是什麼元素所組成？水晶的形狀有哪些？為什麼它價值這麼高？水晶跟鑽石到底有沒有關係？家裡的水晶玻璃杯又是什麼？結合對題目的發想和從影片 Think 單元提供的問題，我 特 別 注 意 到 的 有：**elements**、**galena**、**atoms**、**arranged**、**geometric shape**、**quartz**、**glass**、**random arrangement**、 **requirement**、**origin**、**diamond**。以上這些粗體字是我在還沒看影片之前，針對影片提供的問題找出的幾個關鍵字，先看這些關鍵字聯想一下影片會出現什麼樣的內容，之後寫關鍵字的時候就不會手忙腳亂。

聽出關鍵字

➡ 聽力練習，抓到關鍵字 ......

☐ 第一次聽

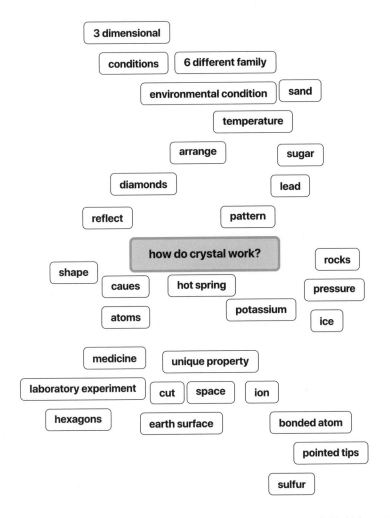

第一次聽到的單字有：environmental condition（環境條件）、pattern（圖案）、temperature（溫度）、sand（沙）、lead（鉛）、reflect（反射）、conditions（條件）、arrange（安排）、3 dimensional（3 度空間）、6 different family（6 個不同的家庭）、diamonds（鑽石）、sugar（糖）、bonded atom（結合原子）、sulfur（硫）、rocks（石頭）、pointed tips（尖銳的角）、ice（冰塊）、pressure（壓力）、potassium（鉀）、ion（離子）、unique property（特別的性質）、earth surface（地球表面）、space（空間）、hot spring（溫泉）、cut

（切）、medicine（藥）、atoms（原子）、hexagons（六角形）、laboratory experiment（實驗室實驗）、causes（原因）、shape（形狀）。第一次聽單字時可以發現，聽到的單字都很簡單，也比較短。我通常聽完第一遍都會盡量寫下出現在同一個段落的單字，因為這樣內容不會差太多，減少搞混的可能。

第二次聽

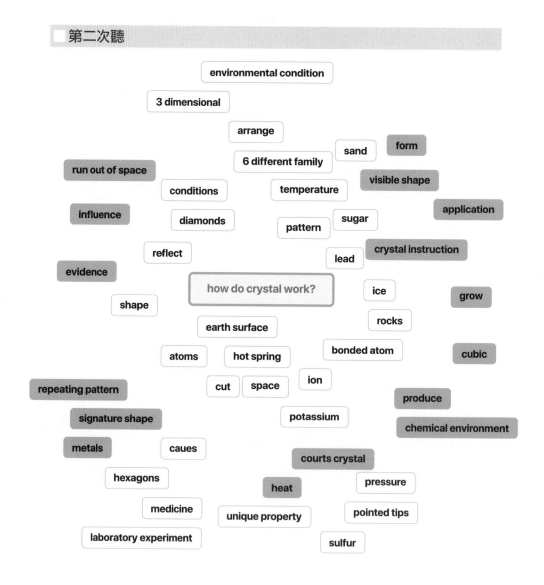

第二遍聽到的單字有：form（形成）、crystal instruction（水晶結構）、visible shape（可見的形狀）、application（應用）、grow（生長）、cubic（立方）、chemical environment（科學環境）、produce（生產）、courts crystal、heat（熱）、repeating pattern（重複的圖案）、signature shape（特定的形狀）、metals（鐵）、evidence（證據）、influence（影響）、run out of space（沒位子）。在寫中文翻譯時，我寫不出 courts crystal 的翻譯，因為直接翻譯的話是「法院水晶」，我知道沒有這個詞，但又不知道正確單詞是哪一個，所以只能先拼出我知道的單字。

第三次聽

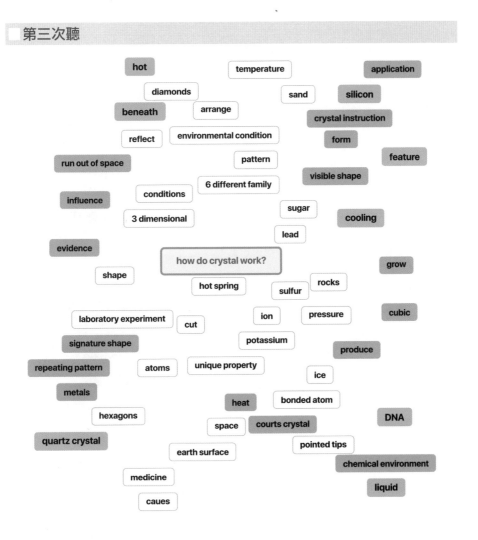

第三次聽到的單字有：feature（特徵）、silicon（矽）、cooling（冷卻）、DNA liquid（液體）、quartz crystal（結晶水晶）、beneath（在下方）、hot（熱）、composed（組成）、geometric（幾何的）、powerful（有力的）、observe（觀察）。

寫了這麼多次單字之後，我發現自己在每支影片聽到第三次的時候，單字都很少。因為我在寫的時候會特別停留在某個段落，然後會專注聽並寫出對我之後分類有幫助的單字，比方這裡我寫出了一些比較適合當大概念的單字，像是 feature（特徵）和 observe（觀察）。

➥ 進行關鍵字分組 ·······································

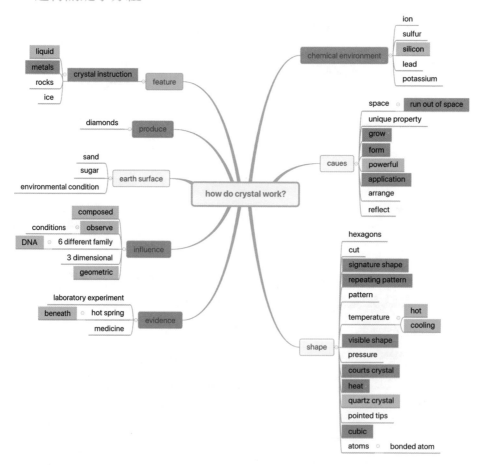

前頁這個心智圖是我根據前三次整理出的單字加以分類，也分別找出了幾個大概念：chemical environment（科學環境）、causes（原因）、shape（形狀）、evidence（證據）、influence（影響）、earth surface（地球表面）、produce（生產）、feature（特徵）。我在這裡的分類概念跟之前比較不一樣，之前通常是根據單字特性跟字義來歸類，但這次我在聽的時候，有特別去記哪些單字是屬於哪些內容，相同段落的單字就會把它們歸類在一起。比方，影片中有一段提到有些物質具有水晶的結構，於是我把這個歸類在 feature（特徵）後面，其中我記得的單字只有四個：liquid（液體）、metals（鐵）、rocks（石頭）、ice（冰塊），這些是具有水晶結構的物質。

找出文章的結構

在單字分類好之後，就可以根據影片提供的文章找出結構。

我在這裡找出四個結構，分別是：origin（起源）、develop（發展）、conditions（條件）、structure（結構）。

在 origin（起源）這支，我打算把文章中提到在哪裡找到水晶或者找到的水晶是什麼形狀或外型。我用了綠色，因為綠色給我一種要開始的感覺，像是一片大草原無邊無際的範圍慢慢去探討。

develop（發展）這支則打算把水晶發展出來的一些形狀寫在後面，

因為影片中提到了很多不一樣的幾何圖形。我用了橘色，是因為橘色每次都帶給我一種經驗、過程的感覺，因此認為橘色比其他顏色更合適。

第三支 conditions（條件），我想要把影片中提供的水晶生長條件寫在後面，還有影片中提到很多像是 chemical environment（化學環境）、environmental condition（環境條件）這類的單字，我都準備寫在這個概念後面。我用了藍色，因為我覺得這是水晶的一部分，不會太起眼，但也不可或缺；同時，藍色給我一種力量的感覺，但不是那種在表面的力量，而是很沉穩的，像基底一樣。

最後一支 structure（結構），我準備把影片提到的例子都寫在後面，因為這些例子都具有水晶結構。我在這邊用了咖啡色，因為結構讓我聯想到像是建築物的結構，一般建築物的結構不是木頭就是鷹架，但心智圖用太過深暗的顏色較不美觀，所以我選擇了咖啡色。

心智圖讓閱讀理解更容易

➥ 進一步藉由擺放關鍵字進行閱讀理解 ·······················

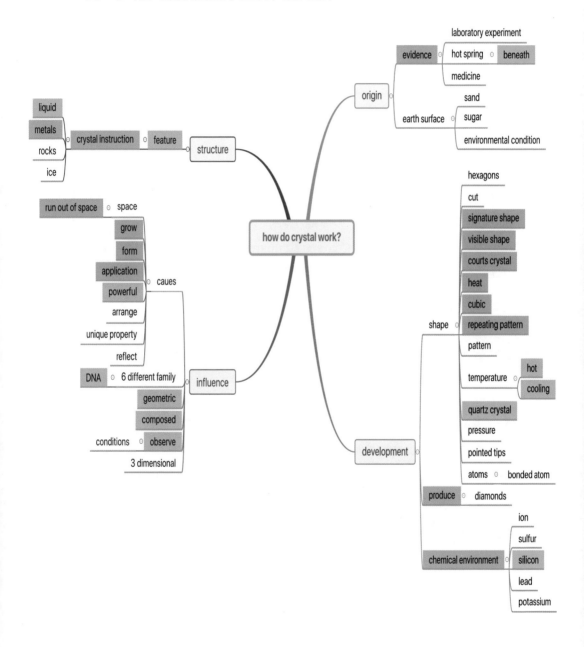

前頁就是把之前分類好的關鍵字歸進文章結構後的心智圖，是根據之前決定好要寫的內容來歸類。比方，第一支「起源」，我就有寫出是在 hot spring（溫泉）下面找到的；第二支「發展」，我把一些形狀寫在後面，像是 hexagons（六角形）、cubic（立方）；第三支「影響」，我把 conditions（條件）這個單字放在後面，因為影響一定會有原因跟條件。最後，再把我記得具有水晶結構的東西寫在「結構」後面。

➡ 確認資料正確性，並修正聽力

完成所有關鍵字分類的時候就可以對照影片的文章來確認單字有沒有拼錯。完成之前的分類之後我發現自己誤解了兩個單字，分別是：courts crystal 跟 quartz crystal（結晶水晶），正確的單字是 quartz crystal，唸一唸這兩個單字可以發現 courts 跟 quartz 的發音相同，所以單聽影片的時候很容易拼錯。這也是為什麼聽第二遍單字的時候，我沒辦法寫出 courts crystal 的中文翻譯，因為翻譯出來得到的是「法院水晶」。

學 習 策 略 提 醒

從聽錯的單字中，糾正自己容易聽錯的音，像是 quartz 和 courts，同時也要能夠增加自己對不同類型知識的涉獵。如果平常有吸收一些水晶方面的常識，那麼就會聯想到結晶而非法院，因此要多多藉由日常生活累積豐富的常識，同時也要能夠選取有效的學習素材，如此方能收事半功倍之效，這就是我選擇用 TED-Ed 的內容來增進和培養英文聽説讀寫能力的原因。

文章完整心智圖

大圖請掃 QR code

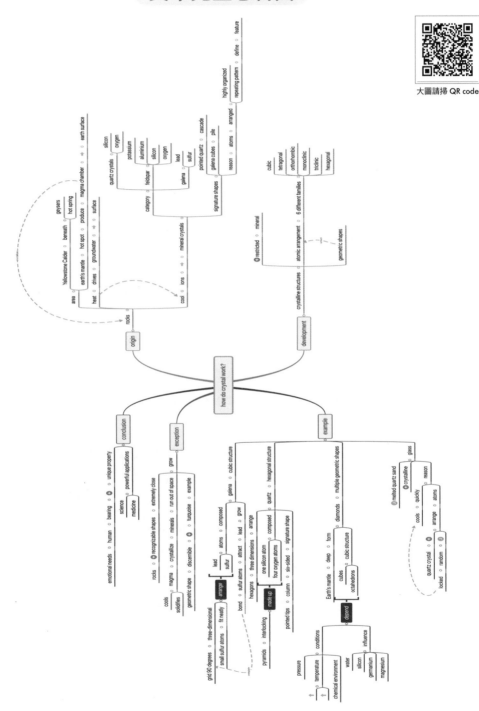

前面這張心智圖便是根據影片提供的文章整理的，也經過了修改。

最後，我針對之前那些大概念做了一些修改，最後文章的概念分別是 origin（起源）、develop（發展）、example（例子）、exception（例外）、conclusion（結論）。因為後來我發現，太多類似的關鍵字放同一個概念下會很複雜，所以我寧可分細一點。

影片中有舉出很多不一樣形狀或結構的水晶例子，比方說鑽石或玻璃，所以我就另外分出一類是來整理這些舉出的例子。

另外，我有多一支「例外」（exception），例外就應該是要特別注意到的，所以我用了令人警覺的紅色。因為影片有提到這些寶石為什麼會奇形怪狀，是因為它們在成長過程中，常常因為生長空間不夠，以致成為這些特別的形狀。

最後，再做一個「結論」，把影片針對水晶的優勢寫在這裡，像是每一個水晶都有 unique property（獨一無二的特徵）。

本章影片中問題的答案如下：

第一題答案是 **D. Lead and sulfur**

這題答案可以在心智圖中的第一支 origin 中的 category（類別）中的光芒找到。

第二題答案是 **B. Always in a highly organized, repeating way.**

答案可以在第一支 origin 中的 signature shapes（形狀）後面的 reason（理由）找到。

第三題答案是 **A. A six-sided column with pointed tips.**

這個答案可以在心智圖中的第三支 example 裡的 hexagonal structure（六角形的結構）後面的 signature shape 找到。

第四題答案是 **C. The random atomic arrangement of the liquid glass is locked in with quick cooling.**

答案可以在心智圖中的第三支光芒 example 的 glass（玻璃）後面找到。

第五題答案是 **B. There must be open space for the crystal to grow into.**

　　在心智圖中的 exception 這支光芒中，可以找到水晶需要更多空間才能轉變成幾何形狀。

　　第六題答案是 **A. The diamond is cut into the shapes seen.**

　　答案可以在心智圖中的第三支光芒 example 的 diamond（鑽石）後面找到。

左右腦並用的心智圖筆記

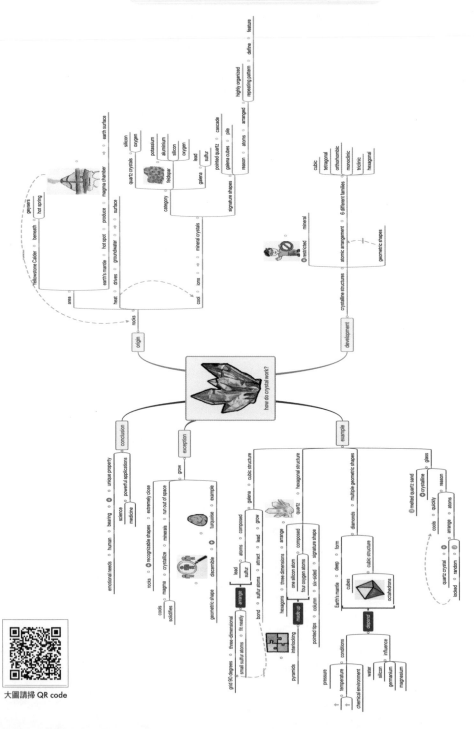

大圖請掃 QR code

以下就是我在這張心智圖中找到不會的單字，加上中心主題總共有九張插圖，如下。

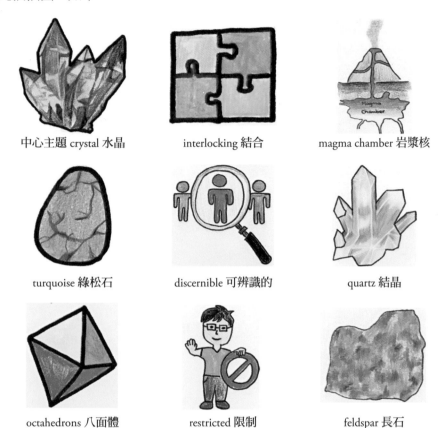

中心主題 crystal 水晶　　　　interlocking 結合　　　　magma chamber 岩漿核

turquoise 綠松石　　　　discernible 可辨識的　　　　quartz 結晶

octahedrons 八面體　　　　restricted 限制　　　　feldspar 長石

　　畫這些插圖時，有些我是利用字面的意思，有些則是照著單字字義聯想其他圖來表達。

　　比方說，magma chamber（岩漿核）、turquoise（綠松石）都是直接用單字的字面意思畫的；interlocking（結合）就是用聯想的，畫拼圖是因為拼圖在最終連結所有的小塊拼圖之後會拼出一張大的圖，我覺得剛好符合這個單字在影片中的意思。

　　在畫中心主題跟 quartz（結晶）的時候，我很擔心會重複，因為兩個都是水晶，只是細節不同，我嘗試了很多不同的畫法，但最後我選擇

都畫水晶，只是一個顏色比較淺，而且白色區域比一般水晶多，因為是 quartz（結晶），這樣看到這兩個圖的時候就能加以區分跟比較。

　　畫中心主題時，我有特別留意，因為通常都要三個顏色以上，但一般水晶沒辦法有太多顏色，所以畫圖的時候，我就特別針對顏色深淺畫得細緻一點。

學 習 策 略 提 醒

　　在前述圖像的選擇上，展現出必須深入瞭解每一個關鍵字，並且能夠跟其他關鍵字加以區別，才能畫出能夠完整表達自己意思的圖像。這個過程就是一個深度理解的過程。

請掃 QR code 聽語音示範

寫出英文思維的作文

➡ 運用心智圖法打草稿

　　完成文章筆記心智圖後就可以找出文章的結構來進行作文仿寫。我在這裡找出的結構比較簡單，因為這張心智圖後面的內容都跟水晶有關，作文仿寫要另外找主題，所以結構就是心智圖的第一層大概念。作文仿寫的標題我選擇了 How do sugar work?（〈砂糖是怎麼形成的？〉）

大圖請掃 QR code

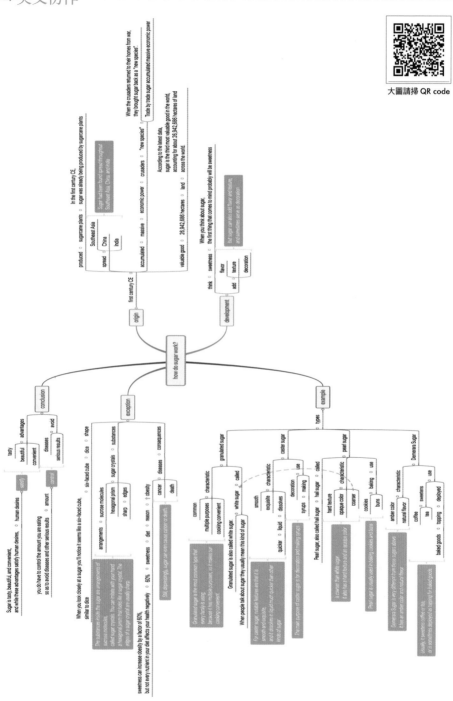

找出文章的結構後，我先完成了下面的作文，接著整理出前頁這張心智圖。這張是在每一個關鍵字段落後面都加上要記憶的句子，這些句子都用了一些特別的單字，方便未來寫文章的時候利用，背起來，日後考試也可以用上。

How do sugar work?

　　In the first century CE, sugar was already being produced by sugarcane plants. Sugar had been found spread throughout Southeast Asia, China, and India. When the crusaders returned to their homes from war, they brought sugar back as a "new species". Trade by trade sugar accumulated massive economic power. According to the latest data, sugar is the third most valuable good in the world, accounting for about 26,942,686 hectares of land across the world.

　　When you think about sugar, the first thing that comes to mind probably will be sweetness, but sugar can also add flavor and texture, and sometimes serve as decoration. Sugar has been transformed into a lot of types, including granulated sugar, caster sugar, pearl sugar, and Demerara Sugar. There are still a lot of types that can be discovered and produced. Granulated sugar is the most common type that every family is using, because it has multiple purposes, so it makes our cooking convenient. Granulated sugar is also called white sugar. When people talk about sugar they usually mean this kind of sugar. For caster sugar, notable features are that it is smooth and exquisite, and it dissolves in liquid much quicker than other kinds of sugar. The main purpose of caster sugar is for decoration and making syrups. Pearl sugar, also called hail sugar, is coarser than white sugar. It also has a hard texture and an opaque color. Pearl sugar is usually used in baking cookies and buns. Demerara Sugar is very different from those sugars above. It has an amber color and natural flavor. Usually, it sweetens coffee or tea, or is sometimes deployed as topping for baked goods.

When you look closely at a sugar you'll notice it seems like a six-faced cube, similar to dice. The substances inside the sugar are arrangements of sucrose molecules, called sugar crystals. You can imitate with your hand a hexagonal prism that looks like a sugar crystal. The edges of a sugar crystal are usually sharp.

Sugar consumption has many consequences, for example, most topics people are concerned about involve diseases. Depending on how serious it is, there can be different levels of disease. People with obesity experience increasing morbidity year by year, and of course the main reason for obesity is diet: sweetness can increase obesity by a factor of 60%, but not every nutrient in your diet affects your health negatively. Still, depressingly, sugar can even cause cancer or death.

Sugar is tasty, beautiful, and convenient, and while these advantages satisfy human desires, you do have to control the amount you are eating so as to avoid diseases and other serious results.

How do volcanoes work?

　　以**四個**段落來介紹火山，第一段說明火山通常會出現在**什麼樣的地方**？接下來說明火山分成哪幾種**類型**？火山對人類有些什麼好與壞的**影響**？以及如何與火山**共處**？

如果不睡覺會怎樣？

What would happen if you didn't sleep? By Claudia Aguirre

影片請掃 QRcode 或是使用短址：https://reurl.cc/odWOEq

　　青少年似乎總是有用不完的精力，我常覺得自己就像勁量電池一樣，有無窮的精力。我常常會因為貪玩而減少睡眠時間，但過了一陣子之後，我的脾氣會開始不好、也會開始長痘痘，甚至我的成績也會明顯退步、上課無法專心。看到這個標題，我想真的不睡覺會有這些影響嗎？睡覺到底有什麼好處？多少的睡眠時間是比較健康的？缺乏睡眠到底會影響哪些方面？我可以聯想到的影響有：身體健康、或者會不會對別人造成影響？這支影片 Think 單元提供的問題讓我特別注意到的字如下：Losing sleep（失去睡眠）、experiment（實驗）、adolescents（青少年）、deprived（剝奪）、substance（物質）、builds up（積累）、sleep pressure（睡眠壓力）、stimulant caffeine（興奮劑咖啡因）、alert（警報）、process（過程）、critical（關鍵）、maintaining health（保持健康）、cognitive effects（認知影響）。因為在閱讀問題的時候，這些單字跟標題有直接關係，所以我也把這些單字列為關鍵字。

➥ 聽力練習，抓到關鍵字

☐ 第一次聽

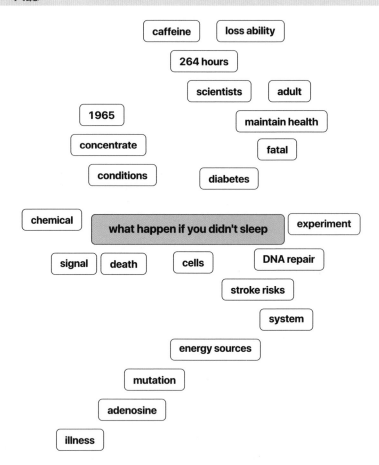

第一次聽到的單詞有：diabetes（糖尿病）、fatal（致命的）、adult（成人）、maintain health（維持健康）、scientists（科學家）、loss ability（損失能力）、264 hours（264個小時）、caffeine（咖啡因）、1965、conditions（條件）、concentrate（專注）、chemical（化學）、signal（信號）、illness（疾

病）、adenosine（腺苷酸）、mutation（變化）、death（死亡）、cells（細胞）、energy sources（能量資源）、stroke risks（中風風險）、system（系統）、DNA repair（DNA 修復）、experiment（實驗）。

　　從第一次的單詞中可以看出，這些詞的特性都比較簡單，我在讀這些單字的時候也不太需要用到翻譯。從其中幾個單字也可以聯想到影片內容是什麼，比方說，從 illness（疾病）可以知道不睡覺可能會導致身體罹患一些疾病，而從 diabetes（糖尿病）或 death（死亡），可以知道涉及的疾病可能有哪些，或到哪種程度。

■ 第二次聽

第二次聽到的單詞我用紅色，以便跟第一次聽到的做區分。聽到的單詞分別有：cumulate（累積）、increase（增加）、breathing（呼吸）、deprive（剝奪）、unbalance（不平衡）、touch（觸碰）、11 days（11天）、7-8 hours（7-8小時）、overload（過度）、heart rate（心率）、environment（環境）、busy using（常常使用）、waste products（廢棄物）、happen（發生）、sanity（明智）。

　　聽第二次時，我有注意到自己第一次聽到的是 adenosine（腺苷酸），但聽第二次的時候，聽到的是 adolescence（青少年）。第一次因為不熟，匆匆忙忙就聽完了，第二次聽時會對照我拼的是否正確，萬一錯了才能改過來。

□ 第三次聽

第三次聽到的單字有：2014、bodily harm（身體損傷）、planet（行星）、blocking（阻擋）、melatonin（褪黑激素）、10 hours（10 小時）、mechanism（機制）、eyes stop focusing（眼睛停止集中）、struggling（奮鬥）、negative symptom（負面症狀）、extreme cases（極端的情況）、lymphatic（淋巴）、muscle relax（肌肉放鬆）、suffering（痛苦）、daily reality（日常的現實）。

　　我用綠色的長方框來跟之前聽到的單字做區分。從第三次聽到的單字可以發現，我聽到了很多長一點的單字，但還沒到句子，比方說 eyes stop focusing（眼睛停止集中），比照前兩次只聽到一、兩個單字，第三次確實聽到了比較長的單字。

學 習 策 略 提 醒

　　運用聽 TED-Ed 關鍵字的方式練習英文聽力一陣子之後，可以進一步提高自己的挑戰，不僅要聽到會的單字，甚至要能夠聽到長一點的句子。這需要更加專注才能做到，但如此一來，聽力就會更加大幅提升。

→ 進行關鍵字分組 ....

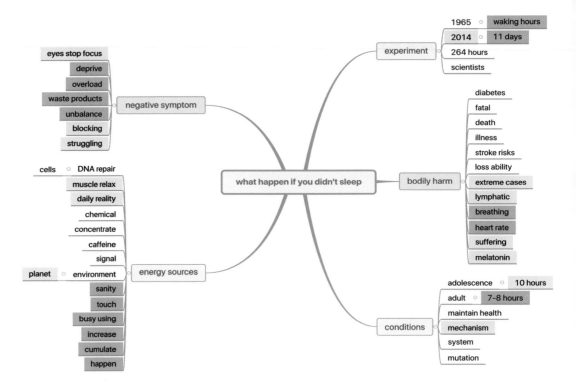

　　將所有關鍵字列出來之後，就可以開始分類。我從關鍵字中找出的幾個大概念分別是：experiment（實驗）、bodily harm（身體損傷）、conditions（條件）、energy sources（能量資源）、negative symptom（負面症狀）。接下來，我就把屬於這些類別的單字歸類進去，比方說，在bodily harm（身體損傷）這支，我把影片中提到的任何疾病或是對身體不好的東西都歸類在此，像是 melatonin（褪黑激素）、diabetes（糖尿病）等等，都是會影響身體的問題。

　　做分類的時候，最大的問題出在 experiment（實驗）這支，因為影片中提到科學家有針對睡眠時間做實驗，但因為不只一個實驗，且實驗的內容也不清楚，所以我就把數據或是條件全部放在這之後，但沒辦法進行接龍的分類。

分類是邏輯思考的基礎，心智圖法的基本核心概念之一就是**分類階層化**，藉由將所聽到的關鍵字分類階層化，才能夠有效的歸類出文章重點。其實任三個語詞都能夠從徹底瞭解語詞意義與題目的關係後進行分類，在完成三段聽力關鍵字擷取之後，可以發現在 bodily harm（身體損傷）和 energy sources（能量資源）二個主要分支下都有超過 10 個關鍵字在其中。因此，在下一階段找文章的結構中，就要特別注意這些關鍵字與分支主題以及文章標題的關係，這同時也屬於聯想中的**邏輯聯想**。

找出文章的結構

result　　experiment

What happen if you didn't sleep

disadvantages　　opposite

　　根據之前整理好的關鍵字，我找出了影片的結構，分別是 experiment（實驗）、opposite（相反的）、disadvantages（壞處）、result（結論）。

　　找出這樣的結構分別是因為：第一支 experiment（實驗）能寫出影片出現的實驗和一些科學家提出的理論；第二支 opposite（相反的），主要是想寫出如果好好睡覺有哪些好處；第三支 disadvantages（壞處），最主要就是寫出影片提到最多的——如果不睡覺會有什麼壞處，包含了疾病或是任何會為害人體的問題；最後一支 result（結論）最重要，目的是寫出正面和負面結果，以及要怎麼避免等等。

這四支概念我分別用了橘色、綠色、紅色和紫色。experiment（實驗）用了橘色，因為我覺得實驗算是一種以經驗來支持你的學說，也算是證據，橘色給了我一種經驗的感覺，蠻適合實驗這個概念。

opposite（相反的）用綠色，因為在本篇文章中，題目是當我們不睡覺會發生什麼事？是一個比較負向的敘述方式，因此它的相反就是正向的，代表睡覺有些什麼好處？每次綠色都讓我聯想到「紅燈停、綠燈行」，所以我覺得綠色是一種正面、認可的感覺，正好符合我要寫的如果好好睡覺會怎樣的正面意義。

disadvantages（壞處）用了紅色，因為這支寫最多關於疾病跟任何對人體造成影響的問題，紅色給我警告的感覺，所以我就用在這支上面。

最後我在結論用了紫色，從之前的心智圖可以看到，任何跟結論很相似的，我都用了紫色，所以這次也不例外的用了紫色。

學 習 策 略 提 醒

英國心理學家愛德華・狄波諾（Edward de Bono）博士所著的《六頂思考帽》和《六雙行動鞋》二書中指出，他經過大量普查之後發現，人類在顏色使用上其實有一些共同性，像是：白色代表客觀的事實與數據；紅色代表情緒上的感覺、直覺和預感；黑色代表負面思考；黃色代表樂觀與正面思想；綠色代表創意與創造性的新想法；藍色代表思維過程的控制與組織；深藍色代表依規章行事；灰色和探索、調查、搜集證據有關；棕色是實用的顏色，暗示泥土且象徵雙腳穩穩地站在土地上；橘色暗示危險、爆發、注意力和警告；粉紅色是溫和的顏色，代表關心、同情；紫色則象徵著權威。

雖然 Fiona 並沒有看過這二本書，但從她在顏色的選擇上也可以發現一些不出意外的共同性。在繪製心智圖時的顏色使用上，需要特別注意，要選擇一些大家都較能夠認同的顏色，不然容易影響到大腦對資訊的輸入。

➡ 進一步藉由擺放關鍵字進行閱讀理解 ⋯⋯⋯⋯⋯⋯⋯⋯⋯⋯⋯⋯⋯⋯⋯

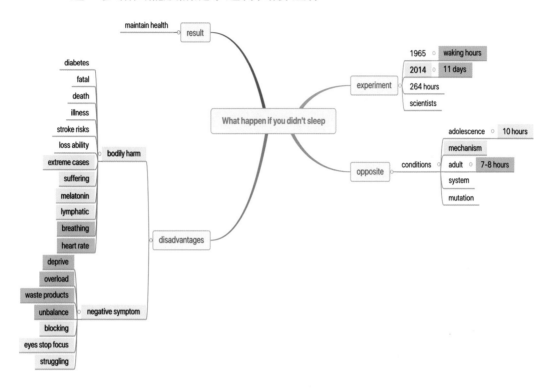

　　接下來就是把之前分類好的關鍵字放到我想出來的四個概念後面。

　　我的分類想法是：第一，把所有跟實驗有關的資訊放在 experiment（實驗）後面；第二，把好好睡覺的概念和條件放在 opposite（相反的）後面；第三，把所有對身體有壞處或造成的傷害和疾病放在後面，在這支光芒中也加上了一些負面的單字，比方說 overload（過度）、blocking（阻擋）等等。最後在結論這支，我把 maintain health（保持健康）單獨放在後面，因為我記得很清楚，影片最後的結論是「如果要保持健康就要好好睡覺」，所以我先寫出保持健康，之後寫完整文章筆記時，再把更多內容加入。

　　一般來説，人的記憶廣度大約是 5 ～ 9 組的資訊，而且通常偏向容易記住 3 ～ 4 組資訊，這是一般人的工作記憶量。如果工作記憶量可以增加，那麼在思考時就能考慮更多因素，讓想法更為周全，因此可以盡量多練習靠記憶寫出更多內容，來擴增自己的工作記憶量。

　　另外，心智圖法中的分類階層化的方式也是一種可以增加工作記憶量的好方法，假設有 20 組資訊，分成 4 個類別之後，每一個類別就只包含了大約 4、5 組資訊在其中，這對大腦來説就成了 4 類、5 個關鍵字，如此一來，就不會超過工作記憶空間的負荷量了。

➥ 確認資料正確性，並修正聽力 ··

　　分好類之後，我就會根據影片在網站上提供的文字來確認自己有沒有拼錯單字，如果沒有，就直接開始整理文章筆記。

文章完整心智圖

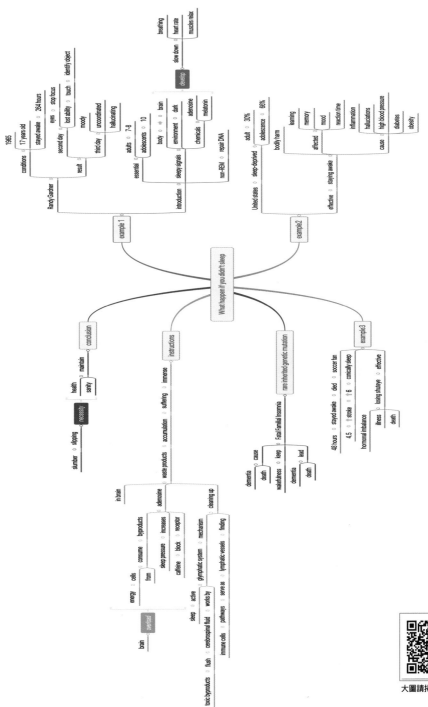

大圖請掃 QR code

前頁就是經過修改後的心智圖。在心智圖中可以看到我把大概念都換了，因為之前寫的不像是結構的單字，屬於結構的單字應該類似於result（結論）。所以我換成了總共六個概念，分別是：example1（例子一）、example2（例子二）、example3（例子三）、rare inherited genetic mutation（罕見的遺傳基因突變）、introduction（說明）、conclusion（結論）。

這支影片跟其他影片比較不一樣，因為它是舉出了幾個例子後才開始說明，比方說影片舉出的第一個例子是關於一個叫 Randy Gradner 的人，再根據這個例子發展出了三個特點，也就是我寫在第一支 introduction（說明）的後面三個特點。我把 rare inherited genetic mutation（罕見的遺傳基因突變）另外寫成一支，因為這個名詞跟圖上其他概念幾乎沒什麼關係，影片中也是個別提及。

基本上，這張心智圖的順序可以理解為不睡覺發生過什麼例子，接著，不睡覺有哪些特別的名詞，再來有什麼可以教讀者或是傳達一些指令給讀者，最後說出結論。

學 習 策 略 提 醒

經由心智圖法閱讀理解的練習，Fiona 已經可以很有條理地掌握文章的脈絡，這不僅對寫作文相當有幫助，就是在面對大眾公開演講都能很有效地掌握聽眾的注意力。

本章影片提供的問題答案如下：

第一題答案是 **D. All of the above.**

這題的答案可以在心智圖中的第二支 example 2（例子二）的 effective 後面的光芒內找到。

第二題答案是 **E. All of the above.**

根據心智圖裡的第一支 example 1（例子一），可以在 Randy Gardner 實驗的第三天看到。

第三題答案是 **B. 9-10 hours.**

這題答案可以在心智圖中的第一支光芒 example 1（例子一）的 introduction 後面看到，青少年需要將近 10 小時的睡眠。

第四題答案是 **B. 66**

答案可以在心智圖的第二支光芒 example 2（例子二）的第一個類別 United states 後面的內容找到。

第五題答案是 **A. Adenosine**

這個答案可以在心智圖的第一支 example1（例子一）的 sleepy signals 後面的 chemical 找到，因為這題問的是哪一種 substance（物質）。

以上這些答案可以在完整的文章筆記中找到，比如第四題，多少百分比的青少年睡眠被剝奪？在心智圖第二個例子裡的第一層光芒可以看到，大約 66% 的青少年被剝奪睡眠。

左右腦並用的心智圖筆記

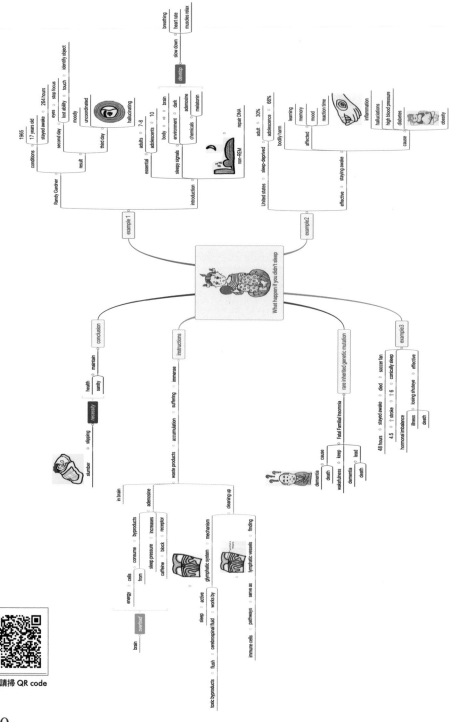

完成最後的文章筆記後，我針對幾個不會的單字畫了插圖，這些單字分別是：

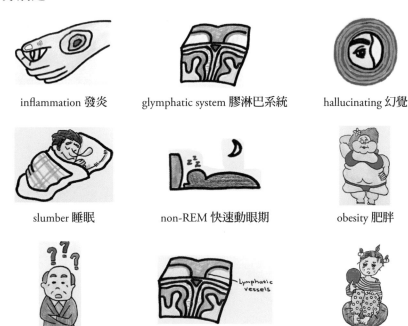

inflammation 發炎　　　glymphatic system 膠淋巴系統　　　hallucinating 幻覺

slumber 睡眠　　　non-REM 快速動眼期　　　obesity 肥胖

dementia 癡呆　　　lymphatic vessels 淋巴管　　　中心主題

我共畫了八張圖加上一個中心主題。在圖中可以看到兩個很相似的圖，分別是 glymphatic system（膠淋巴系統）和 lymphatic vessels（淋巴管）。我上網搜尋要怎麼畫的時候，發現淋巴管是整個淋巴系統的一小部分，如果只畫淋巴管會很難辨識是什麼，畫太詳細又會變得很複雜，但插圖是為了增加記憶，太複雜反而可能造成反效果，使我在記憶過程中被混亂。

我很容易在畫圖的時候花太多時間，把圖畫得很細，但加插圖是以精簡和好記憶的方式來畫會比較好。比方，我在畫 hallucinating（幻覺）時，原本打算畫網路上那種密密麻麻五顏六色的圖，但後來我覺得太複雜且可能會誤導我記憶成某種畫作或是畫的風格，所以我就直接畫了一個眼睛和一些重複的顏色圍繞在旁邊，這樣就可以理解成眼睛看到的畫面變成了幻覺。

能夠對自己所要繪製的圖像進行討論，就是對於圖像的運用產生了後設認知，這已具有高層次思考的能力。

請掃 QR code 聽語音示範

寫出英文思維的作文

➥ 運用心智圖法打草稿

做完文章筆記後，就可以根據影片結構來打仿寫作文的草稿。我選擇仿寫作文的標題是 What would happen if you didn't eat?（〈如果沒吃飯會發生什麼事？〉）我會根據之前找出的結構來寫。先提出例子，再解釋理論，接著找出特殊名詞寫上細節，然後寫出一些要傳達給讀者的內容，最後在結論寫出好好吃飯的好處。

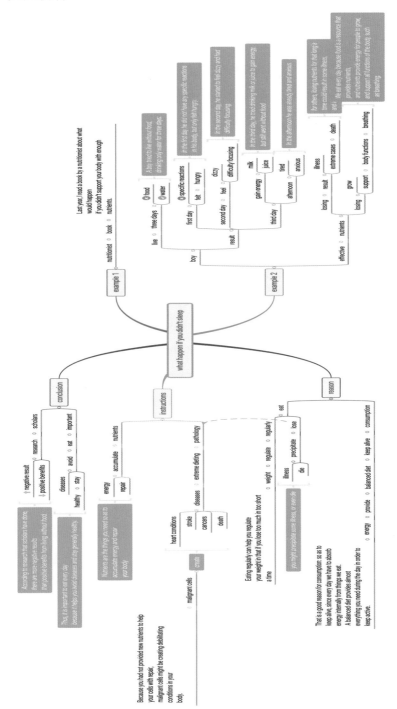

大圖請掃 QR code

根據之前找出的文章結構，我完成了以下的作文仿寫，也利用心智圖整理了這篇作文，在每個關鍵字後面加上文章中的特殊句型，因為某些句型在寫作文時很好用，所以加在關鍵字後面，也便於記憶。

　　好利用的句型，比方說在最後一段的「Thus, it is important to eat every day because it helps you avoid diseases and stay generally healthy.」，我一般寫作文時很少用到 thus（因此）這樣的單字，多半會用 so 之類的單字。加上句子後會加深記憶，下次寫作文的時候，我可能會嘗試使用。

What would happen if you didn't eat?

　　Last year, I read a book by a nutritionist about what would happen if you didn't support your body with enough nutrients. A boy tried to live without food, drinking only water for three days: in the first day he did not have any specific reactions in his body, but only felt hungry. In the second day, he started to feel dizzy and had difficulty focusing. In the third day, he tried drinking milk or juice to gain energy, but still went without food. In the afternoon he was already tired and anxious. Although this boy filled himself with food after the three days, for others, losing nutrients for that long a time could result in some illness, and in extreme cases might cause death.

　　We eat every day because food is a resource that provides nutrients, and nutrients provide energy for people to grow, and support all functions of the body, such as breathing.

　　What are some reasons that we should eat every day? Eating regularly can help you regulate your weight in that if you lose too much in too short a time, you might precipitate some illness, or even die. That is a good reason for consumption: so as to keep alive, since every day we have to absorb energy internally from things we eat.

　　A balanced diet provides almost everything you need during the day in order to keep active. Nutrients are the things you need so as to accumulate energy and repair your body. Therefore, if you didn't eat, some pathology might happen in your body: for example, extreme dieting might cause diseases such as heart conditions or stroke, or possibly even cancers and death. Because you had not provided new nutrients to help your cells with repair, malignant cells might be creating debilitating conditions in your body.

According to research that scholars have done, there are more negative results than positive benefits from living without food. Thus, it is important to eat every day because it helps you avoid diseases and stay generally healthy.

The benefits of drinking water

正反合的論述練習，先說明為**什麼**要喝水、不喝水會有什麼樣的**壞處**？除了**哪些情況**之外會控制喝水，結論再次強調喝水的**重要性**。

脂肪是什麼？
What is fat? By George Zaidan

影片請掃 QRcode 或是使用短址：https://reurl.cc/k0mND3

　　最近很流行的話題是，減肥不是不能吃脂肪，但要吃好的脂肪。原來脂肪不是全都是壞的，看到這個標題讓我聯想到平日經常提到的胖和脂肪有些什麼差別？而這些差異對人體有什麼正面和負面的影響？我該怎麼選擇對我身體健康有益的脂肪？

　　從影片 Think 單元提供的問題裡發現的關鍵字如下：**trans fats**、**Triglycerides**、**glycerol**、**double bonds**、**unsaturated fat**、**Molecules**，以上這些粗體字是我在還沒看影片前先透過影片提供的問題找出的關鍵字。看影片的時候，我如果看到這些關鍵字就會特別注意，因為既然在問題中提到，表示這些字就是影片重要的內容，之後聽關鍵字的時候也一定會聽到；同時，關鍵字出現的脈絡也是閱讀理解的重點。

聽出關鍵字

➡ 聽力練習，抓到關鍵字 ···

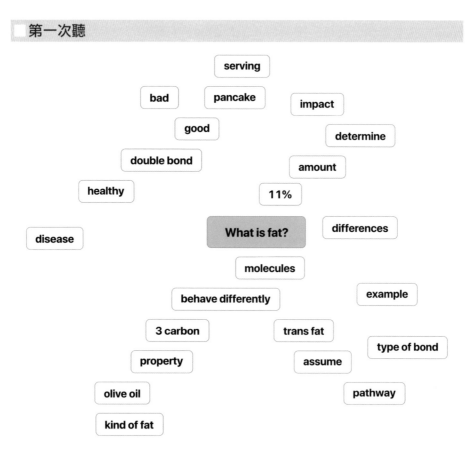

　　第一次聽到的單字有：bad（不好的）、serving（服務）、good（好的）、pancake（鬆餅）、11%、determine（決定）、impact（影響）、amount（數量）、differences（不同的）、example（例子）、molecules（分子）、trans fat（反式脂肪）、assume（假設）、pathway（路徑）、type of bond（結合的種類）、behave differently（表現不同）、3 carbon（三個碳）、kind of fat（脂肪的種類）、property（性質）、olive oil（橄欖油）、disease（疾病）、

double bond（雙重結構）、healthy（健康）。

經過這麼多次聽單詞的經驗，我慢慢發現，往往第一次都會聽到很多散亂的單字，也就是並非在同一個概念裡的單字，單字跟單字之間比較沒有關係，但都不會脫離主題。舉例來說，disease（疾病）、 double bond（雙重結構）就沒什麼關係，但都跟脂肪有關係。

第二次聽

第二次聽到的單字有：know（知道）、ingredients list（成分表）、two ways（兩種方式）、arrange（安排）、change（改變）、texture（質地）、

shape（形狀）、length（長度）、opposite（相反）、cells（細胞）、stable（穩定）、back bone（背骨）、structure（結構）、100%、carbon atoms（碳原子）、weight（重量）。第二次聽到的單字，我用橘色跟第一次聽到的做區分，第二次的單字中會有第一次聽到單字中的較多細節，比方說，two ways（兩種方式），雖然我不知道是哪個東西的兩種方式，但又比之前出現的名詞多一層內容。

■ 第三次聽

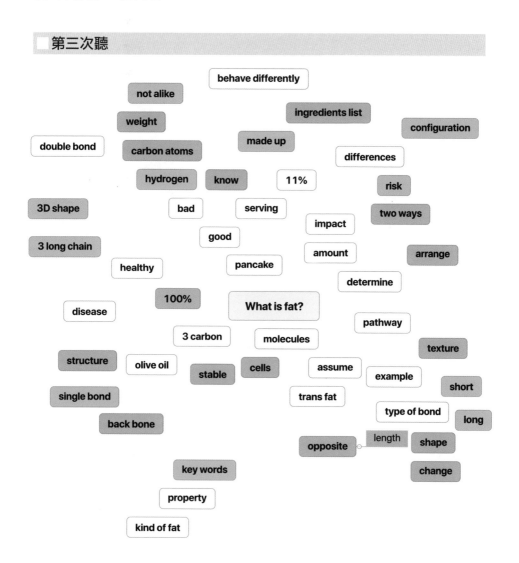

第三次聽到的單詞有 made up（形成）、configuration（結構）、risk（風險）、short（短）、long（長）、key words（關鍵字）、single bond（單獨結構）、hydrogen（氫氣）、3 long chains（三個長鏈條）、not alike（不一樣）、3D shape（3D 圖形）。在每一次聽第三遍單字的時候，我都會注意有沒有寫下有益於之後做單字分類的單字，但一定要記得不能寫影片中沒出現的單字，如果出現影片中沒有的單字會很容易偏離主題。我在這裡就有寫到像是 made up（形成）和 configuration（結構），分類時，就可以把屬於如何形成脂肪和脂肪結構的內容寫在後面。

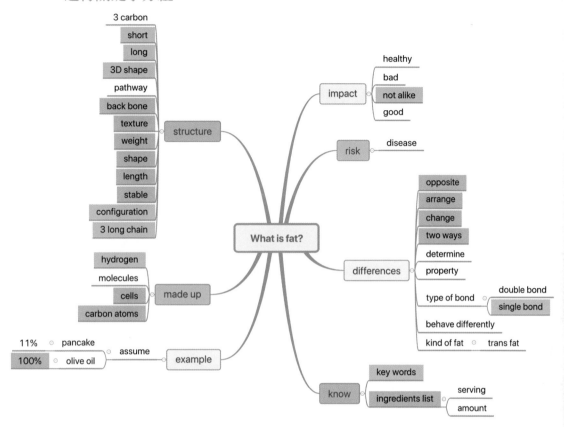

➥ 進行關鍵字分組

我在之前的關鍵字中找出了七個概念，分別是：impact（影響）、 risk
（風險）、differences（不同）、know（知道）、example（例子）、made up（形
成）、structure（結構）。

在 impact（影響）這支光芒中，我把脂肪對人體所帶來的影響寫在
後面，包含了好跟不好等等。

在 risk（風險）後面，我放了脂肪會帶來的風險，像是疾病。

脂肪有很多特徵，而不同特徵也有不同的特點，所以我把脂肪的不
同特點都放在 differences（不同）這支光芒後面，像是不同的 arrange（安
排）、behave differently（表現不同）等等。

接下來是 know（知道），分類的想法是如何得知吃到的是哪種脂肪或是不是脂肪，比方說可以從一些 key words（關鍵字）、ingredients list（成分表）得知吃到的是什麼樣的脂肪。

在 example（例子）這支光芒後面，分類關鍵字的概念是影片中提到的例子，其中有 pancake（鬆餅）和 olive oil（橄欖油）。

接著是 made up（形成），我寫的關鍵字屬於脂肪中的成分，比方說一些 cells（細胞）、molecules（分子）來組成脂肪。

在最後一支 structure（結構），我在光芒後面寫出了觀察脂肪會有什麼結構，像是 weight（重量）、texture（質地）等等。

找出文章的結構

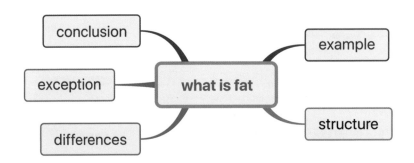

在完成關鍵字分類後就可以透過影片提供的文章找出幾個結構。我找出的結構分別是：example（例子）、structure（結構）、differences（不同）、exception（例外）、conclusion（結論）。

我在 example（例子）這支光芒使用了深藍色，因為我覺得影片中的例子像是在陳述一些文字，而一般看到很多文字時都是一片黑色的字，所以我選用了一個比較深的顏色。

在 structure（結構），我用了咖啡色，因為結構這個詞讓我想到了木

頭或水泥，所以我就聯想到了咖啡色。

　　我用了紅色在 differences（不同），因為這是這篇文章比較特別的地方，我用紅色比較明亮的顏色來凸顯它的重要性，也可以讓讀者在看這支光芒的時候特別注意。

　　Exception（例外）給我一種既非正面也不是負面的感覺，例外這個詞是另外一種方式來支持你前面提到的理論，雖然一般來說，例外都是比較不一樣、需要特別留意的，所以會用紅色表示，但在本篇文章中，藍色給我一種沉穩的支持感，不會太閃耀，但還是有其重要性。同時，在這裡使用藍色也可以避免與前一支 differences（不同）相同而有所區別。

　　在最後一支 conclusion（結論），我用了紫色，跟以往一樣，紫色給我一種完結的感覺，像是結合了所有內容混在一起得到的結果。

學 習 策 略 提 醒

　　越能夠清楚說明顏色使用的理由，就越能夠澄清自己對於該段落的理解。因為一個分支的顏色決定來自於對整個段落的理解和感覺，而感覺通常比較模糊，經過自我說明就能夠增加理解，甚至能夠發現原來沒有注意到的部分。

心智圖讓閱讀理解更容易

➥ 進一步藉由擺放關鍵字進行閱讀理解

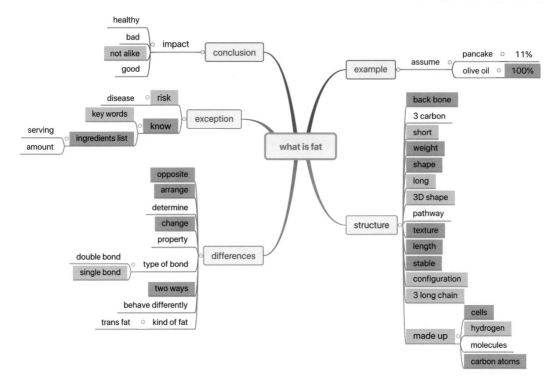

　　接下來就是把之前想好的一些分類概念，歸類進我在上一張心智圖找出的概念。分類的時候，我也會去回想當初在寫關鍵字之際，記憶到的內容大概有哪些、出現在影片中哪個段落。這樣一來，關鍵字和關鍵字之間就能夠產生脈絡關係，關鍵字之間的關聯性就不會相差太遠，而不容易產生聯想。

　　在第一支 example（例子）中，我把影片提到的例子，也就是鬆餅和橄欖油寫在後面。Structure（結構）後面我寫出所有關於脂肪形成的方式和內容物。接著在 differences（不同）後面，我寫的內容和前面整理的一樣。在 exception（例外）這個概念後面，我寫出了影片提到的其他特點，

像是 risk（風險）或如何 know（知道）脂肪是什麼。最後在 conclusion（結論）部分，放入影片整理出的結論，也就是影響人體的好壞等等。

➥ 確認資料正確性，並修正聽力

在做完整心智圖前，我會根據影片提供的文字腳本檢查一遍有沒有錯的字或是拼錯的字，這裡要小心比對，因為如果聽到的字與文章的脈絡有較大的差距，就會影響到對這篇文章的理解，甚至可能會理解錯誤。如果沒有，就可以往下繼續整理完整的心智圖了。

學 習 策 略 提 醒

確認所聽到的關鍵字正確性是非常重要的，這很容易會影響到對文章的理解。通常在考英文聽力檢定時，如果聽錯了重要的關鍵字，大腦無形中就很容易對文章內容自我暗示去抓自己以為的意思，如此一來，就有可能出現一步錯步步錯的結果，最後造成了對整篇文章的理解錯誤。因此利用檢查關鍵字正確性，來訓練自己有更為敏感的耳朵，是一個相當好的方法。

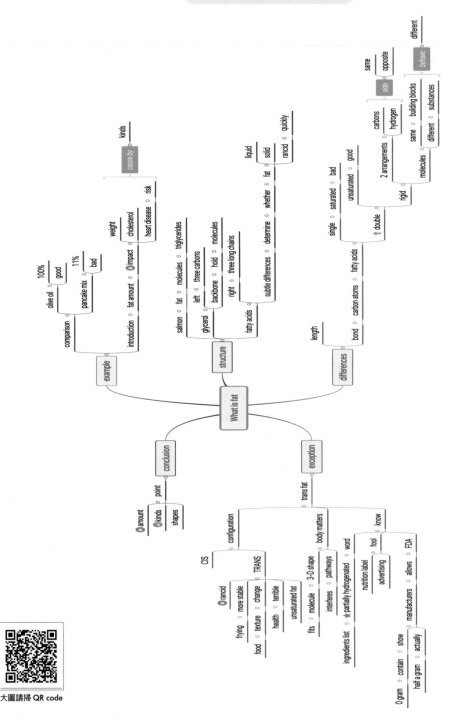

前頁就是我根據影片提供的文章整理出的心智圖，也經過老師的修改。在寫心智圖的時候，我會盡量利用圖標或圖像的功能，圖標和圖像的不同是：圖標比較像在重要的地方劃上重點，或是以圖標來代替文字。在這個心智圖中，我用了很多的圖標，但每個的意義也有不同。比方說在第一支光芒 example（例子）的後面，我在 impact（影響）這個關鍵字前面加了一個叉叉（×）的符號，它的意義是用來代替 doesn't（不會）這個單詞，因為這個關鍵字在影片中是 doesn't impact（不會影響），用圖標來代替可以讓我在記憶時特別記得「不會」這個詞。另外一個例子是在第四支光芒 exception（例外）後面的 partially hydrogenated（使氫化），我在前面加了一個星號（★），因為這是一個專有名詞，一般人不太會接觸到，加了星號之後，我就會特別多讀幾次以加深記憶這個關鍵字。

本章影片提供的問題解答如下：

第一題 **B. Unsaturated fats**

這個答案可以在心智圖中的第四支光芒 trans fat 的 configuration（結構）後面的內容找到。從心智圖裡找答案的時候，我會注意到這題是在講脂肪的種類，而標題是脂肪不是 trans fat，所以我會透過例外來找這個答案。

第二題答案是 **D. 3**

這題答案可以在心智圖中的第二支 fatty acids 後面的內容中找到 three long chains。我會透過問題問的種類來找答案，像這題是在問脂肪的結構，所以我就會從 structure（結構）這支光芒後面的內容去找答案。

第三題答案是 **C. They cannot rotate on their axis like single bonds can.**

這題在心智圖中比較難找，因為我沒有直接寫出它的特徵，而是在第三支光芒的後面寫 behave differently（表現不同）。

第四題答案是 **B. Cis, saturated, trans**

這題比較特別，因為題目要求把三種脂肪依健康到不健康來排序，而我是依據之前整理的內容，用排除法找出答案。影片有提到很多次 trans 是對身體最不健康的，所以它一定是在最後，saturated 這種脂肪是排在 trans 下面，所以我就依照這個順序選了答案。

第五題答案是 **A. Three-dimensional structures**

這題的答案可以在心智圖的第二支光芒 structure（結構）後面找到 triglycerides，從這個字可以看到前面有 tri，在英文中，tri 就是三的意思，因此可以聯想到它的結構就是和三有關，再回去看答案，就可以找到它是三個邊組成的結構。

大圖請掃 QR code

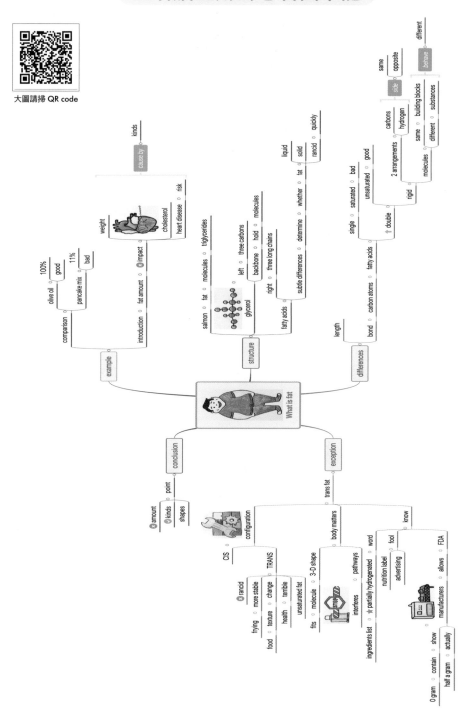

configuration 結構

manufacturers 製造商

中心主題：fat 脂肪

interferes 干擾

cholesterol 膽固醇

glycerol 甘油

　　以上的圖包含了我不會的單字和中心主題，總共有六個插圖。畫插圖時，我遇到最大的困難就是，因為這支影片提到了很多科學名詞，很難聯想出插圖。比方說我原本還要加上 fatty acids（脂肪酸），但我上網找圖的時候，出現很多類似分子圖的圖片，但我想，如果只畫分子圖，讀者有辦法理解嗎？對記憶有幫助嗎？經過思考，我把單字拆解來看，其實 fat 就是 fatty 演變出來的，而 acid 就是酸的意思，連起來看並不會很難理解，加插圖是加在你不瞭解的單字，不用為了湊圖而多畫一些沒必要的單字。

　　以上所加的插圖都是照字面意思畫的。基本上，加插圖時，我比較傾向於照字面意思來畫，因為能直接藉圖片來理解單字的意思是最簡單的，如果還要透過聯想，就還要文字解釋來讓別人理解，就得多一層功夫了，所以能讓圖片簡化就盡量簡化，千萬不要複雜化。

不要為了畫圖而畫圖，圖像在心智圖法中有其重要的功能性，絕對不只是為了美觀這樣的理由。

請掃 QR code 聽語音示範

寫出英文思維的作文

➜ 運用心智圖法打草稿

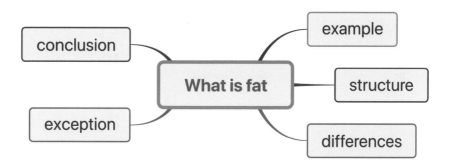

　　完成心智圖後，就可以想一個標題來進行作文仿寫。仿寫時所根據的結構，基本上就是心智圖中的第一層光芒。因為第一層光芒通常都代表著文章段落，像是開始、經過、結果這類的段落，所以接下來寫作文的時候，我就會根據之前整理出的類別，先舉出 example（例子），接著解釋主題的 structure（結構），再找出一些特點或 differences（不同），如果有 exception（例外），就另外分出一個段落，最後寫下 conclusion（結論）做結尾。

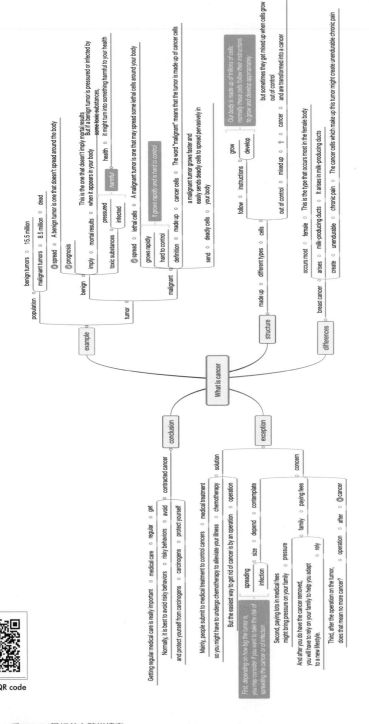

前頁這張心智圖就是我從以下作文整理出來之後，再加上一些特殊句子寫出來的，我選擇的主題是 what is cancer?（〈什麼是癌症？〉）透過之前找出的文章結構，作文中包含了癌症的例子、結構、類型、解決方法以及結論，加上一些實用句型可以提升寫作技巧。

學 習 策 略 提 醒

練習作文仿做的題目最好選擇自己比較熟悉的主題，如此一來，才有比較多的內容可以組織。因為是在閱讀了一篇文章後，接著運用心智圖法學習寫作文，這是一種一般人並不熟悉的方法，因此大腦需要耗費比較多的能量在熟悉新的寫作方法，如果這時候既要熟悉新的寫作方法，又要腸枯思竭的去搜索想要寫的內容，在練習上就會比較吃力，也容易讓自己失掉興趣，所以建議可以用一些平常耳熟能詳的內容來練習。

What is cancer?

In the world population, there are an estimated 15.5 million people with benign tumors, and 8.5 million people this year already dead from malignant tumors. Why is that? Firstly, let's check out what benign and malignant tumors are. A benign tumor is one that doesn't spread around the body, so its prognosis is fine. This is the one that doesn't imply mortal results when it appears in your body. But if a benign tumor is pressured or infected by some toxic substances, it might turn into something harmful to your health. A malignant tumor is one that may spread some lethal cells around your body. It grows rapidly and is hard to control. The word "malignant" means that the tumor is made up of cancer cells. To categorize these as types of tumor means assigning them opposite characteristics: a benign tumor grows slowly and doesn't send cells to spread throughout your body, but a malignant tumor grows faster and easily sends deadly cells to spread pervasively in your body.

But let's back up. What is cancer? If you look at a tumor through a microscope, you can see that there are many different types of cells that make up a big tumor. Our body is made up of trillions of cells: normally these cells follow their instructions to grow and develop appropriately, but sometimes they get mixed up when cells grow out of control and are transformed into a cancer.

The most common cancer is breast cancer. This is the type that occurs most in the female body. It arises in milk-producing ducts. The cancer cells which make up this tumor might create unendurable chronic pain.

Mainly, people submit to medical treatment to control cancers, so you might have to undergo chemotherapy to alleviate your illness. But the easiest way to get rid of cancer is by an operation. Still, there are some concerns that people will contemplate before having a cancerous growth cut out. First, depending on how big the tumor is, you may consider if you want to take the risk of spreading the cancer or of infection. Second, paying lots in medical fees might bring pressure on your family. Third, after the operation on the tumor, does that mean no more cancer? And after you do have the cancer removed, you will have to rely on your family to help you adapt to a new lifestyle.

So, how did you know if you have contracted cancer or not? Getting regular medical care is really important. Your body represents you, so understanding your bodily situation thoroughly is better than trying to resolve every health issue in a short time. Normally, it is best to avoid risky behaviors, and protect yourself from carcinogens. To be frank, having a healthy body is more necessary than anything else.

What is emotion?

《腦筋急轉彎》（*Inside Out*）這部卡通將人的情緒主要分成五種，包括**快樂**（Joy）、**憂愁**（Sadness）、**憤怒**（Anger）、**討厭**（Disgust）、**恐懼**（Fear）。五種情緒都有其意義及作用，請依文章架構分別舉例說明。

為什麼會癢？

Why do we itch? By Emma Bryce

影片請掃 QRcode 或是使用短址：https://reurl.cc/x0dqzN

　　有時候我會莫名其妙地感覺皮膚癢，沒有任何原因就突然發生。如果在一個不方便抓癢的情況下發生，實在很尷尬。看到這支影片標題的時候，我想到日常生活中的這麼一點點小情況，都能有這麼多內容可以寫成文章來探討，甚至還能做成一支影片，那一定有很多有我不知道的資訊，像是什麼原因會造成我們感覺到癢？甚至，癢會不會造成什麼嚴重的疾病？所以我在聽的時候，會特別留心原因、造成的疾病這類的語詞。

　　triggers、**release sensation**、**nerve cells**、**signals**、**threats**、**warn**、**misleading**、**don't exist**，這些粗體字是我根據影片 Think 單元的問題找出的一些關鍵字。由這些關鍵字，我稍微瞭解到影片大概在說些什麼，像是透過 nerves cells（神經細胞），可以知道抓癢可能跟我們的神經有關係；或是經過 signals（信號），可以知道癢的感覺，會透過一些信號傳達到大腦，才會出現抓癢的動作。

➥ 聽力練習，抓到關鍵字 ⋯⋯⋯⋯⋯⋯⋯⋯⋯⋯⋯⋯⋯⋯⋯⋯⋯

☐ 第一次聽

　　第一次聽到的單字：有 nerves（神經）、experience（經驗）、automatically（自動的）、prevent（預防）、allergic（過敏）、punish（懲罰）、poisonous（有毒的）、researchers（研究者）、average（平均）、signal（信

號）、dozen（一打）、intense（強烈）、eyes puff（眼睛膨脹）、 risks（冒險）、sensation（感受）、finding（尋找）、damage（損傷）、scratch（抓）、doctor（醫生）、common sources（普遍的來源）、theory（學說）、mice（老鼠）、health（健康）、reason（理由）、distraction（干擾）、action（動作）、chemical（化學）、blood flow（血流）、satisfy（滿足）、disease（疾病）、molecules（分子）、conditions（條件）、associated（聯合）、produce（生產）、mysterious（神秘的）。這支影片的情況比較容易發生在日常生活中，所以在第一次聽單字時，出現了很多日常可以看到的單字，像是 scratch（抓）或 mice（老鼠）等等。相較於之前影片聽的單字，這支影片我聽到的更多，也是經過這麼多次聽力練習得到的成果。

■ 第二次聽

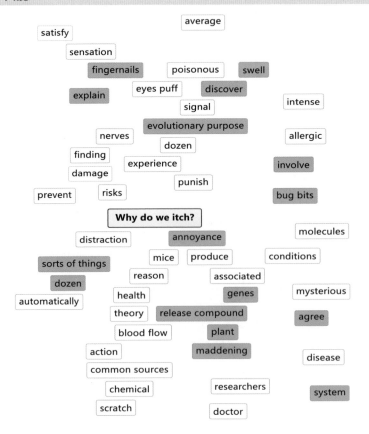

第二次聽到的單字有：discover（探索）、evolutionary purpose（進化目的）、involve（包含）、bug bits（蚊蟲叮咬）、genes（基因）、agree（同意）、plant（植物）、release（釋放）、compound（複合物）、maddening（發瘋）、annoyance（煩惱）、dozen（一打）、system（系統）、sorts of things（各式各樣的事情）、swell（膨脹）、explain（敘述）、fingernails（指甲）。第二次聽到的單字，我用粉紅色跟第一次聽到的單字做區分。從第二次聽到的單字中可以看到我聽到一些第一次單字的細節，比方第一次聽到 action（動作），在第二次我就聽到了 swell（膨脹），這是抓癢會出現的一種動作之一。

第三次聽

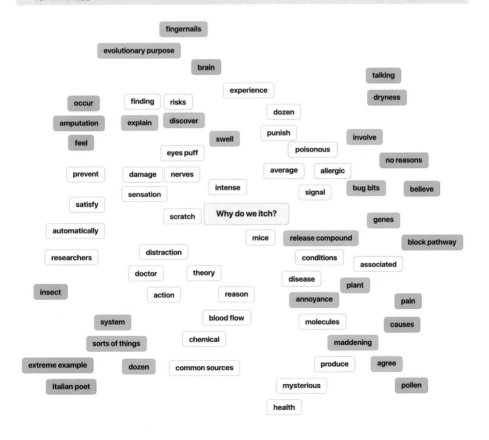

第三次聽到的單字有 brain（大腦）、talking（說話）、dryness（乾燥）、no reasons（沒理由）、believe（相信）、pollen（花粉）、pain（疼痛）、causes（原因）、block pathway（阻擋路徑）、Italian poet（義大利詩人）、extreme example（嚴重例子）、insect（昆蟲）、feel（感受）、amputation（截肢）、occur（發生）。在第三次，聽到一些單字是我不知道意思、但用聽的把單字用知道的音拼出來。我用淡橘色來表示第三次聽到的單字，像是我剛開始不知道 Italian poet 怎麼拼，但根據影片的前後文，我聽到了 poetry（詩），我就可以猜到大概是跟這個領域有關的字；另一個單字 amputation，我是照著單字音節拼出來的，字義等聽完所有單字之後再一起查資料。

➥ 進行關鍵字分組 ···

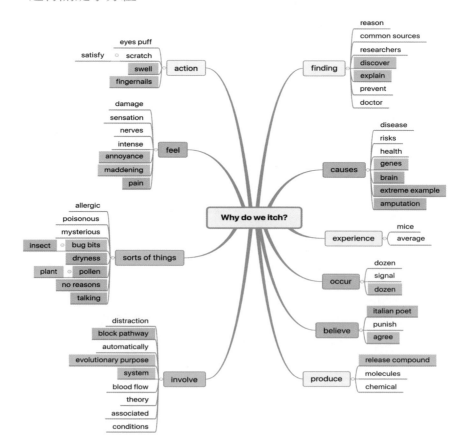

根據之前的關鍵字我找出了十個概念，分別是 finding（尋找）、causes（原因）、experience（經驗）、occur（發生）、believe（相信）、produce（生產）、involve（包含）、sorts of things（各式各樣的事情）、feel（感覺）、action（動作）。

這張心智圖分類的角度，像是在 finding（尋找）後面，我想的是，在現在這個社會，有許多研究人員或學者在「尋找」有關癢的科學名詞或其他相關標題，所以這些單字我都會歸類在這支光芒後面。

在 causes（原因）後面，我寫的是引發癢的相關因素，不管是遺傳性的、還是因為身體一些器官或甚至其他原因。

在 experience（經驗）後面，我寫的是一些實驗結果或數據，像我就有寫出老鼠的實驗，以及 average（平均），這個詞跟人口的平均數有關，也算是數據的一種。

在 occur（發生）這個類別後面，歸類是依據癢會發生在哪裡或發生時的行為表現，甚至是次數。

在 believe（相信）後面，我分類的內容是影片中人們相信的一些依據，像是義大利詩人相信這是一種處罰方式。

produce（生產）這支光芒後面的分類想法是，癢這個動作製造出的東西，像是化學成分或生產出的一些分子等等。

在 involve（包含）這支光芒後面，我分類的一些單字是關於任何會造成癢或是癢的一些根據與名詞。

sorts of things（各式各樣的事情）後面放的單字都是有關一些東西會直接讓人體皮膚產生癢的感覺，像是有一些人是因為過敏造成癢，也有一些例子是因為乾燥而造成癢。

feel（感覺）這支光芒的分類想法，就是直接依照這個單字的字義，也就是癢會有什麼感覺或想法。

action（動作）這支光芒後面的歸類想法，也是照著這個單字的意思在抓癢的時候會有些什麼動作和反應，像是抓或是眼睛紅腫。

找出文章的結構

　　整理完關鍵字後，我根據影片找出了四個概念，分別是：experiences（經驗）、common sources（普遍的資源）、discover（探索）、exception（例外），依照影片講述這些內容的先後順序來寫光芒。

　　第一支 experiences（經驗），我用了橘色，因為任何有關過程或經驗的內容我都會用橘色，因為它帶給我一種內容物和過程的感覺。

　　第二支 common sources（普遍的資源），我用了綠色，因為普遍的資源是可以在世界每一個角落找到，給我一種像大草原、範圍很大的感覺。

　　第三支 discover（探索）用了藍色，因為我覺得藍色像是一種理由的感覺，探索最後得到的就會是證據，用來支持標題，也得到一些理由來解釋標題。

　　在最後一支 exception（例外），我用紅色，因為例外給我一種另一個重點的感覺，所以我用紅色來凸顯它的重要性。

心智圖讓閱讀理解更容易

➥ 進一步藉由擺放關鍵字進行閱讀理解 ··

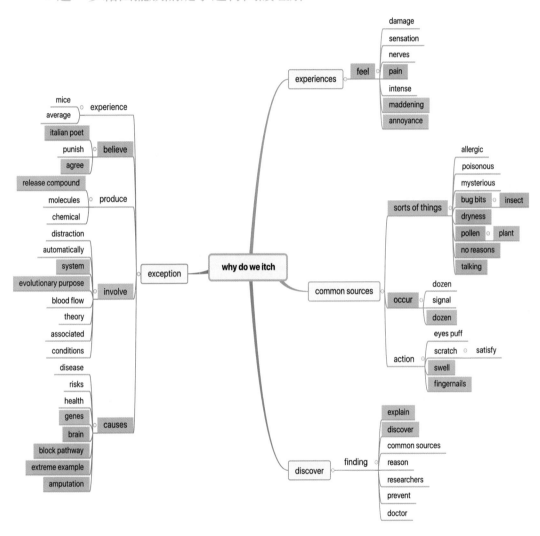

接下來，我把這些內容歸類到不同的概念後面，像在第一支
experiences（經驗）後面，我放的就是一些癢的時候的經驗，像是感覺
或反應等等。在第二支 common sources（普遍的資源），我歸類的想法

就是一些因素跟發現的表現方式，還有一些止癢的動作。接著在第三支
discover（探索），我寫的都是現在的一些研究結果，以及這些研究學者正
在研究一些什麼標題等等。在最後一支 exception（例外），我放了很多其
他的標題，像是一些信念、一些實驗或數據等等。

➡ 確認資料正確性，並修正聽力 ⋯⋯⋯⋯⋯⋯⋯⋯⋯⋯⋯⋯⋯⋯⋯⋯⋯⋯⋯⋯

　　完成分類之後，我從影片的腳本確認了之前所記錄下來的訊息是否
正確。在此，我檢查到我寫了兩次 dozen（一打）這個單字。在聽單字的
時候，不會記得很清楚前一次聽到了什麼，所以會有寫重複的可能，這
就是檢查資料的重要性所在。

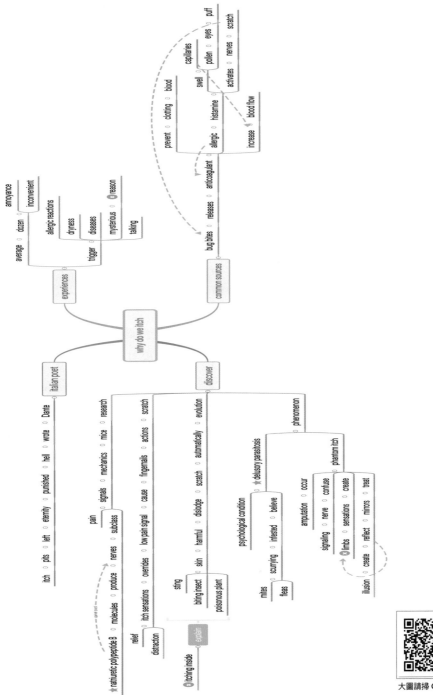

大圖請掃 QR code

這張心智圖就是影片的完整筆記，也經過了老師的修改，好讓整張心智圖的邏輯架構更加清楚。而我把原本四支光芒中的最後一個改了類別名稱，原本寫的是 exception（例外），但我後來改成 Italian poet（義大利詩人）。雖然我本來是把 Italian poet（義大利詩人）這個內容寫在 exception（例外）後面，但後來在修改時發現，其實只有一個內容，沒必要再多加一個 exception（例外）在前面，反而會增加記憶的負荷量，於是就直接用義大利詩人當作類別名稱。

我在幾個名詞前面加了紅色的星號（★），因為這些名詞沒辦法靠別的方法記憶。打上星號的話，就會注意這個單字要加強記憶，像是 natriuretic polypeptide B 和 delusory parasitosis 這兩個單字沒辦法用圖片來記憶，所以我特別打上星號讓自己注意。

學 習 策 略 提 醒

增加記憶力的方法有很多種，圖像當然是一個非常直接且有感覺的方法，不過就如同 Fiona 所言，有些單字是一些專有名詞甚至是化學名詞、數學名詞或是醫學名詞，實在不容易產生圖像聯想，那麼以符號或是用不同顏色加以凸顯，亦是提醒自己多注意的方法之一。

另外，這些不容易記憶的單字也可以試著找出字首字根的方式來記憶，通常一些化學名詞、數學名詞或是醫學名詞都會有這樣的規則性。

影片提供的問題答案如下：

第一題答案是 **D. All of the above**

這題答案可以在心智圖第一支光芒中 trigger（引發）後面的一堆因素裡找到。

第二題答案是 **B. Histamine**

答案可以在心智圖的第二支後面找到，在 release 後面的光芒可以看到釋放的成分包含了 histamine。

第三題答案是 **A. Pain**

在心智圖的第三支光芒第一個內容後面可以看到，身體經由一些 pain signals（疼痛的信號）傳達給人體，才有癢的感覺。

第四題答案是 **B. Insect bites**

可以在心智圖的第三支光芒後面的 evolution（進化）後面找到這個答案。

第五題答案是 **A. True**

雖然這題的答案我沒有直接寫在心智圖裡，但可以從一些重點中找到。這題的意思是就算不會癢，人們也會有無形的感覺，從心智圖的關鍵字就可以知道這類的內容，像是在第一支光芒的 trigger 後面可以看到癢有時會沒有理由的發生，甚至講話都有可能造成。

左右腦並用的心智圖筆記

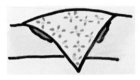 

capillaries 毛細管　　　　overrides 覆蓋　　　　dislodge 離開原位

infested 遍佈　　　　amputation 截肢　　　　anticoagulant 抗凝血劑

中心主題：itch 癢

　　以上這些圖，就是我從心智圖中找出不會的單字，畫上了插圖：有些是照著字面的意思，有些則是經過聯想。像是 dislodge（離開原位）和 anticoagulant（抗凝血劑），如果照字面意思畫插圖，可能會使記憶時變得很複雜，所以我用簡單的方式來跟這兩個單字做聯想：dislodge 是離開原位或分離的意思，所以我就畫了一顆蛋，蛋黃正從一個蛋殼分離到另一個蛋殼裡面；畫 anticoagulant 的時候，我上網看到的很多都是像藥丸的圖片，於是我想到抗凝血劑就是為了防止血液凝固，所以畫了一個傷口的血一直流，止不住的樣子。

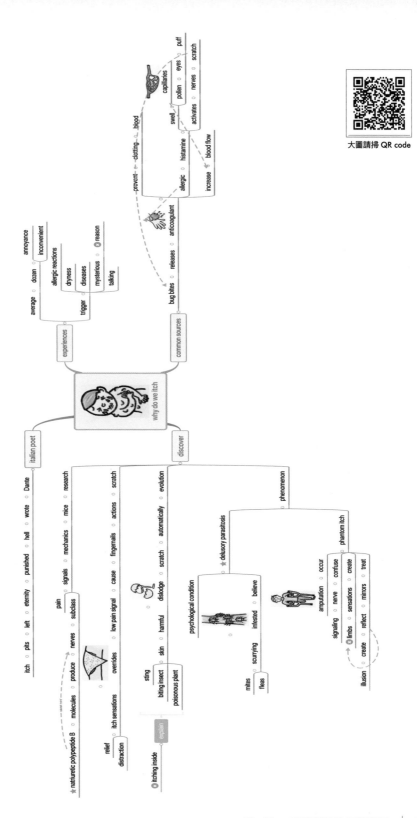

寫出英文思維的作文

→ 運用心智圖法打草稿

完成心智圖之後，就要開始依照影片的文章結構進行作文仿寫，我依照的是之前心智圖的第一層概念，但因為最後一個概念講的比較不一樣，這支光芒比較像是在寫一個例子，所以我讓這個光芒空白，以便寫心智圖時，能直接把相關例子填在這個空白的光芒裡。

學 習 策 略 提 醒

運用空白光芒來提醒自己應該還要增加一些內容是一個相當不錯的方法。從完形心理學的角度來看，人類會有想要追求完整的下意識行為，如果明擺著一個空格在視線可及之處，在整個寫作的過程當中，就算是在寫別的段落，也會不斷提醒自己，要對如何填滿這個空格，這樣的思維方式，會讓自己更加集中於整個文章脈絡，就不容易超出文章主題範圍了。

請掃 QR code 聽語音示範

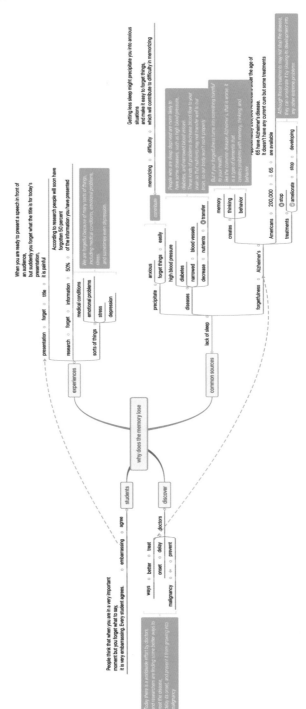

大圖請掃 QR code

找好文章結構之後，我決定了要仿寫的標題：Why does the memory loss?（〈為什麼會記憶喪失？〉）整理好心智圖之後，我會加上一些句子，不然有時候會忘記寫的關鍵字在哪個句子，或者有沒有寫完整等等。

接著，根據之前找出來的結構一段一段寫，同時，寫作的時候我也會特別回頭去看文章裡的一些句型，有時候使用特殊單字或句型可以提升寫作技巧。這些句型光是記起來不見得未來會用上，真正去使用會更加深記憶。以下就是我仿寫的作文。

Why does the memory loss?

When you are ready to present a speech in front of audiences, but suddenly you forget what the title is for today's presentation, it is painful. According to research people will soon have forgotten 50 percent of the information you have presented. We are forgetful because of many sorts of things, including medical conditions, emotional problems, stress, and sometimes even depression.

First, let's talk about the most common source: lack of sleep. Getting less sleep might precipitate you into anxious situations and make it easy to forget things, which will contribute to difficulty in memorizing. People who are sleep deprived are more likely to have some diseases, such as high blood pressure, diabetes, and narrowed blood vessels. These kinds of problems decrease blood flow to your brain so that nutrients may not transfer well to our brain, so our body won't work properly. Forgetfulness can either be a small problem or an extreme issue. If you are only forgetting something that people around you can remind you of, that is not a big problem.

But if your forgetfulness turns into something harmful to your health, like the common disease Alzheimer's, that is worse. It is a type of dementia that creates problems with memory, thinking, and behavior. Approximately 200,000 Americans under the age of 65 have Alzheimer's disease. It doesn't have any current cure but some treatments are available. Although these treatments may not stop the disease, they can ameliorate it by slowing its development into any other extreme problems.

Today there is a worldwide effort by doctors, and researchers are finding some better ways to treat the disease, delay its onset, and prevent it from growing into malignancy. People think that when you are in a very important moment but you forget what to say, it is very embarrassing. Every student agrees.

Why do we sneeze?

　　打噴嚏是我們都有過的經驗，説説自己通常在**什麼情況**下會打噴嚏？一般來説，打噴嚏的**作用**是什麼？關於打噴嚏的一些**發現**，提供一些自己對打噴嚏的**看法**。

第二部

複習與精進

複習

➡ 成功 = 目標確定 + 正確方法 × 投注足夠時間練習 ⋯⋯⋯⋯⋯⋯⋯⋯

　　在這個成功方程式中，「目標」、「方法」、「時間」缺一不可。學英文對不同的人來說有不同的目的，可能是因為工作所需、可能是因為旅遊需要、也有可能是因為純粹想要增加自己的競爭力，但對於學生來說，最直接的目的就是考試成績。所以學生學英文的「目標」應該是能夠得到好的英文成績，而非僅僅是增加英文實力而已。因此，所有會影響到「成功」的英文成績的因素，在規劃英文學習時都要盡量考慮到。

　　從準備考試的內容來看，學生最好能夠多進行科學以及國際新聞方面的閱讀，閱讀的範圍不僅僅是課本內容，亦要廣泛涉獵科普文章、影片以及正在發生的時事，比較耳熟能詳的閱讀資源包括：TED-Ed、科學人、牛頓、Discovery 探索頻道等科普影片及雜誌；在新聞方面，除了大家常用的 BBC News 之外，臺灣的新聞媒體其實也有不少英文新聞學習網站，像是臺灣英文新聞 https://www.taiwannews.com.tw/en/index、中英對照讀新聞——自由時報 https://features.ltn.com.tw/english、民視英文新聞網站 https://englishnews.ftv.com.tw/index.aspx 等，這些網站對於以考試得高分為目的之學生來說，都是相當不錯的選擇，可以在學校基本英文學習之上繼續加深、加廣以提升英文實力。

　　而要能夠有漂亮的英文成績，就需要正確的學習方法，只有方法對了，才不會做白工。我常說學習本是辛苦的，因為要將新東西納入自己既有知識體系內，打破原來的舒適圈，怎麼會不辛苦呢？但是卻可以不要痛苦。什麼是痛苦？拚命用功的學習，卻看不到考試的好成果而徒增挫折感，能不痛苦嗎？所以我們要用對方法，讓漂亮的成績成為繼續學習英文的動力。而這對的方法就包括了本書中提到的心智圖法和 SQ3R。

　　想要有好成績，不僅平常在累積實力時，就需要有好的筆記技巧，統整合適的內容，整理出文章的脈絡，幫助學習者有效理解與記憶，而非囫圇吞棗全部裝進腦子裡。在閱讀題目時，更要能夠迅速篩選訊息，掌握答題關鍵。經由心智圖法練習有效抓取關鍵字、建立文本架構的邏輯分析，可以在考試當下自然而然地刪掉與題目不相關的訊息，統整出不同段落相同的概念。如此一來，在考試的當下，就能夠清楚的思考並回答問題。

　　SQ3R 的閱讀策略提供學習者一個相當完整而系統化的學習步驟，有助於理解全文，並且增進對內容的記憶，透過這一個有效的閱讀策略，配合提升英文聽說讀寫的學習目的。用不看文字以聽的方式來瀏覽整篇文章，以克服一直想要查字典的衝動；用提問來幫助自己形成心像以篩選重要的關鍵字及概念；精細的閱讀整篇文章，以正確學習到該篇文章的生字，搭配心智圖法能夠在閱讀的同時就分析出文本的邏輯與架構；複誦不是照本宣科複誦一次，而是經過思考與統整，用自己的話有條理的加以摘要，才能夠培養出在短短的口試時間裡就條理清晰地說出重點的能力。最後，在複習上要瞭解複習什麼。

　　在廣泛的英文閱讀時，不需要去記憶每個閱讀內容的知識，而是學習如何可以寫出同樣有邏輯架構的文章，因此在分析出閱讀文章的架構後，練習用同樣的架構寫一篇題目不同的作文，這就是一個包含了學習

策略與閱讀策略的脈絡式聽說讀寫的英文學習。

目標一定要正確，才不會離所想要的結果越來越遠；方法一定要正確，才不會累積越來越多的挫折，形成習得的無助感；而有了明確的學習目標，以及正確的學習方法，接下來的就是要投注足夠的時間去努力。看完每個單元的示範，一定要自己嘗試練習看看，學習絕非一蹴可幾，只看別人學習並不會成為自己的成功，只有自己親身下去努力，才有可能成為自己的能力。

成功，就是重複做對的事，如此而已。

繼續精進

　　廣泛性的英文學習是提升英文能力的不二法門，除了課本與本書所採用的 TED-Ed 這個資源之外，學生也可以依著自己的目的與能力選擇其他素材，同樣用心智圖法與 SQ3R 來增進自己的英文能力。以下分享幾個學習資源：

➥ BBC Learning English ··

　　提供了英文單字、文法、發音、聽力、會話、閱讀以及學習測驗等豐富多元的學習教材，是公認全球最佳的英文學習網站，不僅可以用網路學習之外，也可以免費下載 mp3 語音和文字腳本，離線時也還可以繼續學習，不會受到有無網路的限制。

➥ Brain Pop ··

　　使用年齡為幼稚園大班 ~14 歲以上，除了可以學英文外，內容同樣是有趣的動畫影片，可說是包羅萬象，社會科學、自然科學應有盡有，同時還配合影片內容設計了像是：回答簡易問題（Easy Quiz）、較困難問

題（Hard Quiz）、玩文字遊戲（Word Play）、玩 Game、寫作文等（Write about it），活動（Activity）……（在這裡所使用的單字記憶方法根本跟 Fiona 所使用的一樣，也會將單字用圖像表示出來，以幫助記憶呢！）

影片甚至還可以選擇是否呈現字幕，以及調整影片說話速度，完全可以針對個別差異來選擇最適合自己的學習節奏，真的超級貼心。

國家圖書館出版品預行編目資料

看TED-Ed學好英文聽說讀寫：輕鬆自學擁有英檢中高級程度的
　八堂課/王云彤, 王心怡著-- 初版. -- 臺北市：商周出版：英屬
蓋曼群島商家庭傳媒股份有限公司城邦分公司發行, 2021.01
　面；　公分. -- (全腦學習系列；31)
　ISBN 978-986-477-984-0(平裝)

　1.語 2.學習方法

805.1　　　　　　　　　　　　　　　　　　　　　109022182

全腦學習系列 31

看TED-Ed學好英文聽說讀寫： 輕鬆自學擁有英檢中高級程度的八堂課

作　　　者／王云彤、王心怡
企 畫 選 書／黃靖卉
責 任 編 輯／黃靖卉

版　　　權／黃淑敏、吳亭儀、邱珮芸
行 銷 業 務／周佑潔、黃崇華、張媖茜
總 編 輯／黃靖卉
總 經 理／彭之琬
事業群總經理／黃淑貞
發 行 人／何飛鵬
法 律 顧 問／元禾法律事務所王子文律師
出　　　版／商周出版
　　　　　　台北市 104 民生東路二段 141 號 9 樓
　　　　　　電話：(02) 25007008　傳真：(02)25007759
　　　　　　blog: http://bwp25007008.pixnet.net/blog
　　　　　　E-mail：bwp.service@cite.com.tw
發　　　行／英屬蓋曼群島商家庭傳媒股份有限公司城邦分公司
　　　　　　台北市中山區民生東路二段 141 號 2 樓
　　　　　　書虫客服服務專線：02-25007718；25007719
　　　　　　24 小時傳真專線：02-25001990；25001991
　　　　　　服務時間：週一至週五上午09:30-12:00；下午13:30-17:00
　　　　　　劃撥帳號：19863813；戶名：書虫股份有限公司
　　　　　　讀者服務信箱：service@readingclub.com.tw
　　　　　　城邦讀書花園 www.cite.com.tw
香港發行所／城邦（香港）出版集團
　　　　　　香港灣仔駱克道193號東超商業中心1樓_ E-mail：hkcite@biznetvigator.com
　　　　　　電話：(852) 25086231　傳真：(852) 25789337
馬新發行所／城邦（馬新）出版集團【Cite (M) Sdn Bhd】
　　　　　　41, Jalan Radin Anum, Bandar Baru Sri Petaling, 57000 Kuala Lumpur, Malaysia.
　　　　　　電話：(603) 90578822　傳真：(603) 90576622

封 面 設 計／張燕儀
版 面 設 計／林曉涵
印　　　刷／中原造像股份有限公司

■ 2021 年 1 月 28 日初版一刷　　　　　　　　　　　　　　Printed in Taiwan
定價 400 元

城邦讀書花園
www.cite.com.tw